내 눈꺼풀에 소복한 먼지 쌓이리

박형권

시인의 말

자로 무엇을 재 본 적이 없는
게으름이 아프다
그래도 에어컨은 잘 돌아가고 있다

혼자 시원한 방에 자서 미안하다

2023년 구월

박형권

내 눈꺼풀에 소복한 먼지 쌓이리

차례

1부 거짓말을 읽어 주는 밤

2부 그때부터 나였다

3부 소매가 닳고 닳는 것처럼

4부 밥 나눠 먹는 소리

해설

　―이병철(시인·문학평론가)

1부
거짓말을 읽어 주는 밤

어디로 가는 듯

허헛 아저씨, 조개 판 돈 다 털어 주어도
아깝지 않은 사람은 이 세상에
마누라밖에 없지, 하는 명언을 남기고
어제까지만 해도 단단한 팔뚝으로 펄펄 날아다니더니
자기 몸 두 배나 되는 마누라의 외투가 되어 주더니
감기 때문에 생전 처음 병원 간다 하더니
허헛 아저씨 그길로 돌아오지 않는다
자기 조개는 나중에 싣고 남의 조개는 꼭 자기만 한
리어카에
마나님인 양 먼저 모시고 가마꾼처럼 달렸는데
리어카가 허헛 아저씨를 밀고 가는지
허헛 아저씨가 끌고 가는지 가늠하기 어려웠다
남의 일 제 일처럼 해 주지 말라고
마누라에게 꼬집혀서 팔뚝에 늘 보랏빛 바다 채송화
가 피었다
허헛 아저씨 마누라는 그냥 허헛 마나님이었는데
허헛 아저씨가 그렇게 추켜세우니 주위 사람들도 그
렇게 불러 주었는데

삼일장 치르고 대번에 조개밭으로 날아와서
한쪽 찌부러진 눈으로 방긋방긋 웃으며
허헛 아저씨 몫까지 조개를 캔다
허헛 마나님 조개 캐는 모양을 보면
꼭 누구하고 블루스 한 곡 당기는 듯
곶감 입에 넣어 주는 듯
이마 짚어 주는 듯
손잡고 금강산 육로관광이라도 가는 듯
그렇게 어디론가 허적허적 가고 있다
허헛 아저씨 조개밭에는 바람도 허 허 헛헛하게 불어
오고
곧 비가 올 모양인지
다른 사람 눈에는 안 보이는
허헛 아저씨가 허헛 마나님에게 조개껍데기 같은 외
투를 벗어 주고 있다

그렇게 실성하여 캔 조개가
당신의 식탁을 맛나게 차려 주고 있나니

당신의 저녁도 조개껍데기가 조갯살을 폭 감싸 쥐듯 행복하시라

비 내리는 이사

지금 난 이삿짐 옆에서 담배를 피우네
빗소리와 얼크러진 니코틴이 희미한 악수를 청하네
어제 널어 두었던 구멍 난 양말과
뜯어 보긴 했지만 사용하지 못한 즐거운 연애도
라면 상자에 포장되어 있네
이사를 위해서 몇 가지는 버렸네
이 동네에 들어와 아옹다옹 싸우다가도 돌아서면 잊
어버리자고
부지런히 돌렸던 시루떡의 행방을 모르겠고
비바람이나 피하자고 지붕 한 귀퉁이 얻어
꼬박꼬박 바친 월세 34만 원은 누구의 배 속에서 이
자를 벌고 있는지
사람 좋아 보이라고 벙글벙글 웃었던
그 아까운 웃음이
골이 깊은 골목에서도 메아리로 돌아오지 않아
웃음마저 버렸네
새로 이사 갈 집에는 한 평 남짓 텃밭과 옆에 감나무
한 그루 서 있으면 좋겠네

이제 내 등짝을 갈아엎어 오이 심고 부추 심는

낭만을 버리고

그 낭만 위로 별빛 쏟아지는 꿈도 버려야겠네

하지만 그곳에는

여전히 하수도 냄새도 나고 찢어지게 우는 아이도
있고

빛바랜 옷들도 옥상에서 펄럭여 내 식구들이 쉽게 적
응할 것 같네

시끄러운 봉제 공장이 옆에 있어

깊은 잠 들지 않아 좋겠네

나는 아직 이 방에서 신을 신지 못하는데

이삿짐센터 사람들이 정든 내 방에 젖은 신을 신고
들어오네

소는 생각한다

내가 소를 밭 가는 도구라고 생각할 때
소는 나를 식구라고 생각한다
식구를 위해 땀 흘려 일하는 것은 너무도 당연하다고
생각한다
내가 변소에 앉아 체중을 아래로 누르며
변소귀신이 엉덩이를 물어뜯을지 모른다고
두려워할 때
소는 변소 옆 마구간을 지키며 어둠을 반추하기 좋
을 때라고,
쓸데없는 걱정 말고 똥이나 누라고 한다
소가 송아지를 낳아 재산이 늘었다고 생각할 때
입 하나 더 생기게 해서 미안하다고 한다
내가 따뜻한 방에서 자고
소를 마구간에서 재울 때
소는 자기 방이 있는 것이 어디냐 생각한다
소가 늙어 우시장에 팔아야겠다 생각할 때
소는 돌아가신 할아버지처럼 작은 무덤 하나
만들어 줄 거라고 생각한다

이것도 저것도 아닌 일 등급 육우일 때도
소는 도축장에 들어서며, 아닌데, 왜 이러지? 한다

소는 생각한다

소는 생각한다

소는 생각한다

생각한다

거짓말을 읽어 주는 밤

여름밤 기슭에 불 켜고 앉은 집 한 채 있다
지나가는 외등 옆에서 바다가 존다
낮에 놀던 가마우지들은 숙박부라도 적어 둔 것처럼
초저녁부터 그 집 처마로 뛰어들고
들려오는 말처럼 한 늙은이 사는데
한 조각 소문 없는 밤이라도 불을 켜 둔다
어느 사무친 밤에 불쑥 얼굴을 내밀고
물비늘 탈탈 털어 서울로 간 큰아들은
무슨 떼돈을 버는지 전화 한 통 없다
띄엄띄엄 날아드는 편지에는
꼬막 같은 자기의 성공은 온데간데없고
오직 회사의 성공만 드라마틱하다
인생은 드라마보다 여러 장면에서 물큰하고
수심水深 깊은 밤은 밤을 더 깊게 보아서
비린 것들 길 잃지 말라고 고샅에 꽃불을 피운다
나는 오늘도 외로운 타전을 읽어 주기 위하여
구겨지고 구겨진 서간문 한 채 무겁게 받아 든다
늙은 어머니의 큰아들은 어딘가에서

실패한 인생의 진술서를 쓰고
나는 남의 어머니에게
스마트폰 시대의 편지를 읽어 준다
마침표 뒤에 조금만 더 기다리시라 덧붙이고도
건져 둔 파래 청각에서 별빛이 묻어나는
그 은하계 변방의 거짓말을 읽어 주는 밤

거미집

나는 몸을 비우고
바람에 내 몸이 날아갈 만큼 가벼워질 때
아직도 남아 있는 끈적끈적한 희망 같은 것에 매달려
첫 번째 체액을 길게 뽑는다
이 나무에서 저 나무로 가는 사이
어쩌면 나를 바로 세워 온 허기진 꿈을
깜박 놓을지도 모른다
그 사이 바람의 방향이 바뀌어
누구나 살기 위하여 그래 왔던 것처럼
진정 그리운 사람이 사는 곳과는
완전히 다른 방향으로 갈지도 모른다
세상이 두 번 쓰러져도
나를 얽어맨 질긴 사슬을 놓지 않는다
나를 이끄는 점액질의 방향은
온 곳으로 다시 돌아가는 것
두 번째 체액의 끈끈함을 위하여
돌아가야 한다는 들끓는 욕망마저 다 비워낼지도 모
른다

시작부터 끝까지 원형질에서 원형질로 이어진 집
지붕과 벽과 벽지까지
그 모든 것에 몸의 진액이 기록되어 있다
사방팔방으로 문이 열린 내 집
귀퉁이 하나라도 내 신경계가 닿지 않은 곳이 없다
허기의 방, 생존의 방, 고백의 방, 사무침의 방
그리고 상상의 다락방을 넘나들면서도
나는 포만이 가장 두려웠다

누구나 자기를 우려낸 축축함으로
생애에 피 끓는 집 한 채씩 내다 걸 수 있기를

손가락 편지

나도 모르게 익어 가는 창문을 열고
수숫단 걸어 놓은 창틀에 기대어
담배를 피운다
내 살림살이가 하나둘 쉬며 잠드는
마을 어귀 어디쯤에서
난데없는 콤바인 소리, 얘야
우리 서로 마중 나오던 그 시각의
귀뚜라미 소리
오늘을 알진 고구마처럼 우물로 씻고 창가에 기대
었다
노는 듯 쉬는 듯 일 같지도 않은
내 척추에서 삐걱거리며 휘어져 오는
누른 나락 농사
벼 이삭이 들길 밀어 주어 여기까지 온 것만 해도 나
는 경배한다
돌아보면 지문처럼 다 문드러질 것 같은 여름
어떻게 그 몸의 시대를
땀으로 용서할 수 있었느냐

지금은 향기로운 저녁
천변에 핀 술패랭이꽃도 여울물 소리를 듣고 있다
잃어버린 것들을 되돌려 받아야 하지만
이 휴식이 너무나 좋아
내일 거둘 것은 내일에게 맡긴다

네가 유압 프레스에 아비가 준 손가락을 잘리고
네 손가락으로 아플 때, 몰랐다
나는 내 손이 아픈 것만 생각하였다
네가 보낸 담배 손가락에 끼워 가을밤에 젖어든다

애야, 너는
총질하지 않아도 된다

아궁이였음 좋겠네

오늘 저녁 나는 쇠죽 끓이는 아궁이였다
내 발가락도 양말을 뚫고 나와 쩔쩔 끓는 아궁이를
온몸으로 읽었다
저녁을 꼼지락꼼지락 간질였다
이윽고 밤이 내린 지붕 아래에서
빛나는 것만 찾아다닌 양성 주광성의 나를
방 안에 눕히고
키우는 콩나물이 자라는 소리를 들었다
푸근하고 정다운 것들은 어둠 속에 있어서
어둠이 아니라면 기댈 곳이 없어서
나 어두컴컴할 때부터 또 군불 지피고 그윽해졌다
어둠이 내 안에 들어와 번들거리는 낮빛 밀어내고 있
었다
마침내 어두워져서
한 천년 고요한 표정으로 남을 것 같았다
내생의 밤도 아궁이였다가
다음 날 새벽에도 아궁이로 깨어났으면 좋겠다
반농반어의 어느 섬마을에서

아이들이 모여들어
고구마와 꼬막을 구워 먹었으면 좋겠다
어느 날부터는 마지막 쇠죽을 끓이기 시작하여
소와 함께였던 저녁을 완성하여
그 어느 날인가 까무룩 속 불을 끄고 싶다
마지막에는 몹시 고단할 것이다
쏟아지는 잠을 고요히 받아들여
내 눈꺼풀에 소복한 먼지 쌓이리
누군가가 가난을 숨기려고 또 물을 안친다
나는 아직 나를 위하여 더운물 한 방울 쓰지 않았다

할로겐 히터 씨의 고독

스탠드형 할로겐 히터 씨 무탈하신가요
당신은 당신 사용법을 숙지하셨나요
당신이 교류 220V 전용임을 모르는 사람이 아무도 없
어요
그만큼 당신은 들키며 살았지요
당신이 먹이를 섭취하는 콘센트는 단독으로 사용해
야 하고
습기가 있는 곳에는 가지 말아야 합니다
당신이 아버지들처럼 전천후가 아니니까요
유아나 반려동물이 당신 근처에서 얼씬거리는지
온종일 신경을 곤두세워야 하는 당신은
켜짐보다 꺼짐을 위해 일해야 하는 것을 아셔야 합
니다
특히 외출하거나 청소를 할 때
반드시 전원 플러그를 뽑아야 해요
다른 사람을 감전시킬 수 있기 때문입니다 하기야
당신에게 감전되는 것은 어쩌면 축복일지도 모릅니다
이 세상은 전율할 것이 눈곱만큼도 없는 세상이니

까요

　그러나 당신은 목욕탕이나 세탁기 주변에서

　당신을 사용해서는 안 됩니다

　목욕은 죽어라 싫고 세탁은 번거롭잖아요

　어느 해인가, 당신이라는 이름을 내밀고

　애프터서비스를 기다렸지만 아무도 오지 않았어요

　당신은 고독으로 바로 서야 하고 달구어져야 해요

　당신은 폐기 처분 해야 할 나이가 지났으니까요

　커피를 한 잔 들고 스탠드형 할로겐 히터 씨 창밖을

봐요

　사부작사부작 밖에서

　고양이 한 마리가 들여다보고 있어요

골고다

검정 크레파스로 골고다의 언덕을 그릴 때
동태찌개가 끓고 있었다
그분은 벌써 다녀갔지만 아직 도착하지 않았고
가시를 밟으며 오고 계시는 중이었다
어떤 사람은 식은 밥을 물에 말아 먹었고
또 어떤 사람은 친구가 보내온 어리굴젓으로
아침을 때웠다
다행히 동태찌개를 주셔서 어부에게 감사하는 사이
또 어떤 사람은 야채토스트를 먹고 싶었지만
야채가 없어서 식빵을 뜯어 먹었다
저마다 버스를 타거나 전철을 타고 직장으로 가는
골고다의 언덕, 눈이 올 것 같은 날씨였다
노인들은 밥차가 올 때까지 줄을 서서 기다렸고
실직자들은 일찌감치 나와 오백 원짜리 커피를 마시며
노가다 십장이 자기 이름을 부를 때까지
발을 동동 굴렀다,
KF94 방역 마스크를 쓰는 서울 변두리

안전안내문자가 허를 찌르듯 잊을 만하면 떠올랐다
그러나 누구도 쉽게 포기할 수 없는
여기는 항바이러스 지대
가야 할 곳이 있다면 한사코 가야 했다
동태찌개가 끓는 사이
그분은 단지 오고 계시는 중이고
칙칙한 겨울 외투에 기어이 눈이 내렸다

그 사진 속의 알바트로스

언제부터인가 그 언제부터인가 엄마가 페트병을 먹기 시작했어요 바퀴약을 먹은 바퀴벌레처럼 페트병을 위장에 담아 와 우리의 접시에 쏟아 놓아요 그리고 빙그레 웃어요 우리더러 먹으라는 거죠 엄마가 꺼내 놓은 엄마를 무시할 수 없어요 엄마는 가끔 직사광선을 피하여 서늘한 곳에 보관되어 있어요 엄마를 한번 개봉한 후에는 냉장 보관하여 될 수 있으면 빨리 먹어야 해요 굽거나 삶았을 때 갑작스러운 온도 변화가 있으면 엄마의 미네랄 성분이 종잡을 수 없는 물질로 바뀔 수도 있어요 그렇지만 엄마는 자기의 요리 솜씨에 이상이 없다고 주장하죠 멀리 날려면 충분히 먹어 두어야 하는 것이 엄마의 철학이죠 엄마의 음식이 의심스러워도 우리는 교환하거나 보상받을 수 없어요 엄마의 제조처는 어디인가요 유통 기한은 언제까지인가요 엄마를 담는 용기 재질은 폴리에틸렌 무엇 무엇이라고 외우기도 복잡해요 그래요, 엄마는 외우기 정말 복잡해요 쥐 놓고 잊어버리는 것, 아낌없이 주는 것은 그런 건가 봐요 엄마가 먼저 먹고 반쯤 소화시켰다고 해서 우리는 페트병을

꿀꺽꿀꺽 삼켰어요

풀 뜯는 여인

불법 부착물을 떼어낸 자리에
청테이프가 남았다
오십 대 중반의 그 여인은 코로나발 희망 일자리로
청테이프를 떼어내는 일을 맡았다
누군가가 인생을 걸고 사랑했을
누에 손으로
서울의 시린 풍경을 뜯어내고 있었다
-뭐 하세요?
-예, 풀 뜯고 있어요
풀은 전봇대에도 있었고
버스 정류장의 유리 벽에도 있었고
플라타너스 가로수에도 있었다
초원에서 양 떼들이 풀을 뜯는 것처럼
키 작은 여인은 까치발로 높이 붙은 하루치 생존을
뜯었다
이른 겨울이 여인의 손끝에 부착되어 있었다
손끝이 시리고 귀가 아린 것 같았다
여인이 입김을 불 때마다 희끗희끗 눈발이 날렸다

여인이 전철역 공원 쪽으로 가고 있었다
전철역 공원에서 인생의 빛나는 부위를 파는
늙은 화가에게로 가고 있었다
그가 호주머니에 묻어 두었던 두 손으로
여인의 귀를 감싸 주고 있었다
손 위에 다시 여인이 손을 포갰다
손들이 그 지점에서 오래 머물렀다

모든 시에 당신이 있다

우선 바람 소리를 통해 나는 당신을 듣는다
코로나가 창궐한 서울의 변두리에서, 그 지하방에서
흘러나오는 숟가락 소리, 말하는 소리는
다 알고 보면 바람 소리다
아내의 가녀린 종아리를 부추겨 출근길까지 따라가는
다정한 배웅도 바람 소리다
다음은 물소리를 통해 나는 당신을 듣는다
일 층에서 흘려보내는 개숫물 소리에서, 그 생활에서
새어 나오는 잔기침 소리. 콧노래 소리는
중랑천이 한강을 만나 남쪽 바다의 항구, 마산항까지
가는 소리다
그러니 알고 보면 지구의 99퍼센트는 물소리다
그 물이 상승하여 하강하는 빗소리다
아, 눈부신 눈 내리는 소리다
다음다음은 생각의 소리로 나는 당신을 듣는다
전철역 광장에 꽃 피었다고 마중 가는 소리는
매일 똑같아도 새로 태어나는 소리다

누구에게나 잘 다녀왔느냐고 묻는 그 소리는
정말 생각의 소리다, 생각의 소리가 맞다
생각의 소리에서는 때마다 이팝나무꽃이 피고 장미
가 피고
말매미가 가을과 화해한다
오늘도 생각 속의 당신이 보인다
언제나 마지막은 당신의 소리다
언제나 또 언제나, 당신의 소리는 우리에게 말씀이다
지상의 모든 시에 당신이 있다
얼마나 좋은가? 당신이 이 황홀한 세상의 운율인 것이

허공

좋은 음식이 생기면 그대 생각이 먼저 나
두 손으로 움켜쥐고 바닷가 단애로 간다네
우리의 집은 언제나 아슬아슬한
옥탑방이지만
그대는 출렁이는 파도를 내려다보고
그윽해지네
바닷바람이 어느 때보다 달콤한
잔인한 겨울
내가 그 허공에서 정지비행을 하면
그대는 나를 보고 치솟아 오르네
그대와 내 몸이 충돌하는 순간
픽!
온 우주가 솔깃하고
세상의 슬픈 것들은 아주 잠깐
한때 마음을 뒤흔든 깊은 키스를 추억하네
내가 음식을 놓고 그대가 낚아채는
밥은 언제나 그렇게 곡예였다네
그렇지만 그것은

그대가 나를 밥 이상으로 좋아한다는 뜻
바닷바람이 푸르게 물든 장산곶 매처럼
나는 그대가 좋아하는 음식을 잊지 않고
퇴근길에 맛있는 떡볶이를 사서 집으로 돌아가는
그 빛나는 순간의
허공이라네

2부

그때부터 나였다

썰렁한 농담

가을볕이 노릇노릇하다
밭에서 농부가 익어 가듯 물에서 어부가 익어 간다
일흔둘 아버지와 조개밭에 들어가 허리까지만 바다
에 넣으니
바닷물에서 꾸꿉한* 수건 냄새가 난다
잘 삭은 조개젓 냄새로 아버지는 눅진한 한생을 쉬엄
쉬엄 닦아 왔다
아버지와 내가 두루미처럼 굽히고 바다의 등 긁어
줄 때
거제도로 가는 공기부양선은 허파에 바람 잔뜩 불어
넣고
건들건들 유람이다
저 배에 올라 거제 장목으로 문주리** 낚시를 갈 때만
해도
네 칸 반 민장대처럼 아버지는 빳빳했다
바닷바람 먹은 호미처럼 아버지의 빳빳한 것들은 어
느덧 뭉툭해졌다
파도를 밀어붙이는 힘과 슬쩍 놓아주는 꾀가

어느새 그 뭉툭함 속에 배 묶는 녹부줄***처럼 사려
져 있다

아직도 아버지는 말술을 배 속에 담고도 한 말 더 짊
어지고 오는 강골이지만

가을 들어 몇 번 허리를 쉬고 몇 번 먼 섬을 보았다

우리의 가을은 풍성하여 광주리마다 굵은 조개가 넘
쳐난다

모두 아버지의 알통에서 살던 것

파내면 등짝에서 피 흐르는 것들

오늘 물옷을 갈아입는 아버지의 나체를 본다

앙상한 가지에 나를 만든 도구만 덜렁거린다

어쩌다 그리 마르셨습니까?

아버지는 끈적한 묵음黙音으로 딸막딸막하다가

내 죽으면 들고 가기 좋겠제?

뜬금없는 농담 한마디에 어디서 칼칼한 바람 불어
온다

썰렁한 농담인데

모든 것을 내려놓아야 하는 추녀 끝에서 담담하게 웃

고 싶은 것이다,

　바다와 주민등록증을 까도 밀리지 않는 아버지는.

그때부터 나였다

무엇일까, 감꽃을 두드려 깨우는
저 뭉친 돌멩이 같은 가냘픈 것은 그리고
내 발등으로 튀어 오기도 하는 이 파편은 말이야
그랬었지 비라고 하는 말을 들은 것 같다
비를 담아 두자 가슴이나 머릿속에
이것들이 깻잎과 개구리들의 웅덩이와 소의 뿔에서도
마구 깨지고 튀어 오르면서
자기를 그리고 있잖아
나한테 자기는 무엇일까
나는 고작 세 살이라고 할머니가 말했는데
할머니가 무논에 물꼬를 트러 가신 사이
나는 여기서 생각하고 있는 나를 느끼고 있어
이것이 나인가 봐, 무엇부터 할까
거름 더미에서 광대버섯이 비를 맞고 있다
나의 여명은 비 오는 늦은 봄날의 아침
광대버섯도 그렇게 밝아 오는 것일 거야
내가 나에게 다가오는 길에는
거름 냄새와 돌담 밑의 꼭두서니, 솟아오르는 돌멩이들

마구 말하고 싶은 광대버섯, 그런 것만 있다

흉내 내고 춤추는 웃기는 것들만 있다

무엇부터 할까

그걸 느낄 때부터 나는 뭔가를 하고 있는 거야

할머니가 웃으시게 해야지

내가 나중에 운율을 깨닫고

자유를 조금 알 때

나는 여기서 시작하였다고 답할 거야

모든 존재는 시작하는 순간부터 답을 향해 가는 거야

때 이른 소나기가 그리는 악보를 따라가는 거야

그게 가슴이다

가슴은 허파가 아닌데
왜 허랑한 파도들이 모여 가슴인 체하나
허파는 가슴이 아니다
숨만 쉬고서 어찌 살맛이 있을까
우선 숨통이나 트자고
친구에게 얼마라도 빌리러 가다가
아내가 일하는 횟집 앞을 지나쳤다
뜰채를 들고
─여름엔 농어가 제맛이에요
하며 오뉴월 땡볕들을 끌어들였다
저 사람 제 먹고 싶은 걸 남 먹이는구나
갑자기 채송화 피는 어렴풋한 거기
거기가 저려 왔다
그게 가슴일 거다
아프다고 하면 호들갑이고
뭔지 모르겠다 할 때 그게 가슴이다
아직 설익은 소나기인지
나는 전기밥솥에 김 빠져나가듯

쐐! 아프다

요즘 와서는 바람만 잔뜩 먹은 세월을 삭인다고 온
세상이 쑤신다

가슴으로 크고 작은 아픔들이 모여들 때

아픔은 아플 때마다

언제나 가장 아픈 것이다

가슴이 아플 때

흐느끼지 않으면 다시는 흐느끼지 못한다

부교浮橋

이봐, 네 일이 빛나는 지점에 내가 놓였어

싱싱한 숭어를 뭍으로 옮기기 위하여 파도에 네가 밀리는 순간

나도 파도를 안아

네가 숭어를 짊어지고 식구들에게로 갈 때까지

내 몸은 네 발걸음 소리를 기억해

흔들리는 파도와 하나 되기 위하여 인생의 좋은 것들을

나도 많이 내려놓았어

하늘에 은하수를 걸어 보지 못한 사람이 어디 있겠어?

네가 내 등을 밟고 우주의 강을 가로지를 때

나는 푸른 행성들의 현대사를 몸에 적었어

저 끝의 언어와 이쪽 끝의 언어는 알고 보면 다 모음母音인데

너는 끝내 자음이기를 고집했지, 뭐 그리 나쁘지는 않아

너의 역사는 진행 중이니까

우주를 바다로 초대한 그날도

너는 밤새 숭어를 날랐고 삐걱거리는 소리가 우리를 연주했지

그리하여 아침은 음악처럼 다가왔어

아침은 그저 열리는 것이 아니라 힘껏 밀어 올려서 어깨로 짊어지는 것이었어

파도 앞에서 흔들리는 것이 내가 가장 잘하는 일이지만

너는 그 탄성으로 무거운 일을 가볍게 옮겼지

가면 갈수록 고독이 깊어지는 우주의 강은 아니더라도

지상의 시끌벅적한 일터에서 생선 비늘처럼 반짝이는 너는

여전히 세상의 싱싱한 것들의 아버지

식구들을 위하여 바구니 가득 숭어를 담아 나르는

수만 번의 발자국을

오늘은 이웃집 마당에도 조금 옮겨 놓으려는 모양인데

그게 그렇게 쑥스러운가? 해, 생각날 때 하는 거니까

천신호 타고 엄마 젖 먹으러 가는 날

할머니는

말린 홍합 말린 해삼 참깨 한 되 파도치는 품에 안고

새벽 들물 같은 막내며느리 만나러

나는 엄마 만나러

부산 전포동 가는 날

바다는 희뜩 뒤집혔고

날을 잡아도 어떻게 그런 날을 잡으셨는지

새바지까지 가는데 샛바람에 다섯 살 물길이 얼얼

했다

황톳길에 흩어진 마른 잘피가 스스스스

학국댁이 고쟁이처럼 흩날리던 날

할머니는, 바다가 밤사이 야속하게 다녀간

광대 밖 밭에서 가을 내내 그을렸던

곰피 같은 손으로 내 손목을 휘어잡으셨다

천신호는 바다 가운데서 출렁거리고

전마선에서 옮겨 탈 때 나는 처음으로 할머니 손을

놓았다

손잡고 가야 하는 물길 너머에 엄마가 있으니 손을

놓았다

    웅 웅 웅 배 엔진 소리에 가닥 섬이 떨리고

    간장 종지 같은 할머니 가슴에 지린 멀미를 쏟아 놓
았다

    아직 파도를 안을 줄 모르는 나를 할머니는 죽을힘
으로 안았다

    그렇게 많던 댕기물떼새는 다 어디로 날아가 버리고

    노란 해가

    남에서 북으로 서에서 동으로 일렁거렸다

    그렇지만 그날은

    뽈래기젓 돌참게젓 모든 젓국 냄새 밀쳐 두고

    천신호 타고 엄마 젖 먹으러 가는 날

왜 굴을 꿀이라고 하셨는지

굴 쪼시개로 굴 껍데기에 구멍을 내고
스산한 겨울바람 같은 허공에 줄을 끼우고
큰어머니 한 폭 살림살이를 엮어 놓으셨다
그게 십 원이었던가 이십 원이었던가
어떻게 껍데기를 바다에 던져 놓으면
굴이 들어와 살게 되는지
해거름에 돌아와 꼬막 같은 손으로
파래를 무쳐도 파래 향기가 얼지 않는지
그 비린 삭풍이 이해되지 않았다
광대 밖에서 선창까지 걸어서 가는 것만 해도
바다의 시작에서 바다의 끝까지 가는 걸로 생각했던
내가
큰어머니 꼬리지느러미를 졸졸 따라다니며
기웃기웃 둘러본 세상에는
갯바람에 희석된 굴 껍데기가 전부였다
태초의 세상은 허공에서 시작하여 시린 굴로 태어나
는데
그 없음과 있음의 사이에는

물가 사람들과 같은 말을 쓰는 바다가 있었다
큰어머니의 바다는 맵깔스러웠다
그렇게 말끝이 다듬박스러웠던 바다가 임종하시던 날
세상의 모든 바다는 썰물이 들어
이 아름다운 행성의 깊은 속을 드러냈다
갯닥 사람들이 왜 굴을 꿀이라고 하는지 모르다가
큰어머니 굴 까러 다니던 시절을 꺼내 놓고 보면
꿀도 굴 앞에서는 찍소리 못 하는 것이었다
그 인생은 아릿했지만
굴에 베인 상처로 끓인 국 한 그릇으로
나는 예순 살이 되도록 달다

전어

그물눈에 전어 대가리 푹푹 꽂히는 순간을 봤는가
남들 다 멍에처럼 끼고 사는 융자금 빚에 한번 뻗대
보지도 못하고
약 먹고 이를 갈다가 고래 쓰러지듯 창배가 무너졌다
권자망 그물코를 이어 붙이던 저녁에
달이 토실토실한 것이, 물기 축축한 것이
올해는 꼭 전어 떼가 파래 청각보다 무성하게 필 거라
고 너스레를 떨던
창배의 예측이 찹쌀떡같이 들어맞아
창배 서 있어야 할 빈자리에 오색 풍어기를 달았다
창배 마누라도 허파에 허무가 들어차
횟집과 밥집에서 아무 사내 손에 이끌리다가
전어 굽는 냄새 맡고 어제 돌아왔다는데
내막을 열어 보면 새끼들하고 먹고살자고 남의 잔에
술 부어 준 것이지
자기 잔에 술 부어 주고 자기에게 노래 불러 준 것 아
니다
며칠째 만선이라 경매에 부치고도 남아 동네에 가져

54

왔더니

   지금 발 씻고 누운 창가에서

   전어 굽는 냄새가 창배 있는 그곳까지 등천登天한다

   돈 전錢자 전어,

   창배 수의에 다 쓴 신용카드 끼워 주었다

   거기야 어차피 현실보다 개념으로 사는 곳이니 '마구 팍팍 긁어라'고 넣어 주었다

   세상에 나와 빈말 한번 세워 보지 못한 창배 같은 가을 전어들이

   연안어업 끌고 와서 선창에 배 묶어 두었다

   코에 바닷바람 넣는 김에 몇 마리 달라고 하여 앉은 자리에서 구워 먹으면

   서로가 서로에게 빚질 것 없다

   이렇게 사람 하나 잡아먹어야 개들도 전어를 물고 다니는 풍어가 오신다

쑥국

쌀알 몇 개가 동동 떠다니는 쑥국은 어떤 나라인지?
그때 그 반지하방 낡은 벽지에 싸여
후루룩 후룩
쑥국새처럼
마주 보며 먹던 그 훌렁훌렁한 나라인지?
우리의 겨울은 일당 대신 받은 쌀 한 포대처럼
야금야금 저절로 축나고
마지못해 봄 앞으로 불려 나갔다
이두호 만화 속의 잡초 무성한 언덕배기에서
양지바른 어떤 나라를 침 바르고 넘길 때
아, 우리 둘의 역사는 구겨진 알장처럼 초라했지만
우리를 감싼 겨울 내복은
바지랑대에서 태극기처럼 펄럭였다
손톱 끝에 묻은 풀물처럼 파릇파릇한 아들이
그녀의 자궁에서 툭툭 발길질을 해대던 날
아지랑이 속에서
그녀는 쑥을 캐었고
나는 영어 단어에 지쳐 모국어를 외우는 것으로

그 봄을 억눌렀다
젊은것들이 쌀 한 톨 없어서 쑥국새 울게 했던
그 쑥국
우리의 혈통까지 풀물 들게 한 쑥국을
아내는 지금 임시정부의 허기진 아침처럼 들이켜고
있다

한 덩이의 어머니

간에 바람이 들어서 물옷 걸어 두고

두척산에서 화왕산으로 지리산에서 비슬산으로 진달래 따라갔다가

우리 동네 뒷산으로 돌아와 보니

우리 조개밭에 나무 밑둥 하나 흘러든 것 같다

한편으로 보면 옛날 큰댁의 일소 같고 나자빠진 바다사자 같고 투실투실 물에 분 돼지 한 마리 같고 떠내려온 시체 같다

꿈지럭꿈지럭 움직이다가 가끔 고요하다

우둔살 한 덩이가 왜 우리 조개밭에 던져져 있나 가서 보고 썩었으면 내다 버리자

코에 묻은 진달래 향기 지워 버리고 호미로 파낼 듯 달려갔더니

뒷산 언덕배기 늦게 핀 진달래 꽃대궁 같은 우리 엄마!

─그래, 코에 바람은 많이 넣었나?

물어 오는 입에 꽃잎 한 장 물려 있다

학교에서 학부모 좀 보자고 했을 때 내가 무전취식으

로 끌려갔을 때 발랐던

　전투용 위장 크림 같은 빨간 립스틱을 바르고 조개를
캐고 있다

　-오늘 니 아부지 생신인 거 아나?

　내가 진달래에 미쳐, 봄 밖으로 밀쳐 둔 한 덩이의 어
머니가 꽃 피고 지는 통증을

　숭덩숭덩 잘라

　피 흐르는 그대로 몇 점 드셨나 보다

　'한 물때만 보고 와서 꽃구경 가자더니' 하며

　저녁노을 속의 아버지가

　선창에서 바다 채송화처럼 마중 나와 계시겠다

비, 포구에서 내리는

사흘째 넉넉히 비가 내린다
받쳐 든 우산 속에 빗방울 뛰어든다
내가 펼쳐 든 갯메꽃 우산 아래
꽃도 잘 모르면서 뛰어드는 청년처럼
약간 무례한 빗방울이 좋다
비가 내리면 어디서 삭은 홍합 냄새 끼어들어
선창에 내려가 술 한잔 내고 싶고
물컹한 농담이 안주로는 편안하다
바람 불지 않는다면 파도 높지 않다면
비는 풍어를 불러온다
우해이어보던가
자산어보던가 두 책이 은비늘을 씻고 펄쩍펄쩍 선창
에 펼쳐진다
뒷집에서 오늘은 젓볼락을 한 배 가득 실어 내년엔
온 동네 젓국 냄새나겠다
아버지들이 배 묶어 놓은 선창으로
청년들 몰려나와 바다를 꿈꾸기 시작하는
튼튼한 손아귀 힘 보기 좋다

우줄우줄 내렸다가 우당탕 내리는 비가

다 그들의 비라서 좋다

고래 잡은 듯 벗겨지는 삿갓산의 안개도 내 것이 아
닌데

내가 써도 눈감아 준다

조개잡이 배는 왜 이리 늦게 오나

이 바다 언제까지 우리 먹여 살리려나

번뇌 망상 적당히 자라라고 비 뿌려 주어서 비가 좋다

사나흘 더 내려도 넘치지 않는 바다 옆에 창문 하나
내고 살아도

똑똑 문 두드려 주는 비하고 손발이 맞아

지구에 내려 반백 년 산 것이

아, 행진이었다

바지락조개 한 리어카 밀고 끌고 지나간다

팔 걷고 밀어 주면 저녁 반찬 얻는다

젊은 어부들이 밤바다에 떠 있었다

엔진 소리가 파도에 희석되는 삼각파도의 밤이었다
아래를 풀어 헤친 홍등의 여인처럼
배[船]가 등을 물위에 띄우고 배[腹]로 어부를 안고 있었다

젊은 어부들은 배의 뱃속에서 야트막한 꿈을 꾸었다
기다리던 내일,
전어 비늘에 휘감겨 물일에 젖자면 파도 소리로 시끄
럽고
우주의 소리로 소란한 선실에서 배의 전율을 덮고 자
야만 했다

어쩌자는 것이냐 문득문득 잠이 깨는 밤바다

선실 바닥에 귀를 대 보면
배의 등에서 자라는 따개비와 미역이 배의 등을 꽉
쥐는 소리 들려오는 것이었다
한 사내가 우직한 손으로 아직도 젓가락 장단이 화
석처럼 남아 있는

항구의 냉가슴을 덥석 쥐는 소리 들려오는 것이었다

배와 항구와 여자들, 끌고 들어가는 알코올을 참으며
젊은 어부들은 제 속의 수컷을 잠재우고 있었다
입을 쩍 벌리고 싶은 오뉴월 합자 같은 욕망이
그리하여
손바닥 안에 있었다

이번 출어로 줄잡아 삼백만 원쯤 움켜쥐자면
우주에서 들려오는 파도 소리조차도 쥐고 놓지 말아
야 하는 것이었다
모든 사내를 지아비로 삼는 항구의 여인이
누구나 놓아야 한다고 말하는 바로 그 지점에서
거북손이 바다를 단단히 잡고 있는 것처럼

젊은 어부들이 밤바다에 떠 있었다
당신의 식탁에 오랜만에 전어구이가 오를 것이었다
그러므로 깊은 가을이었다

가을, 음

귀뚜라미가 날개로 읽어 주는
가을이라는 파도에
일찍 잠든 당신은 아직 젖지 않았다
젖기보다 표표히 걸어
발을 빠뜨리지 않았다
울어 놓은 것 있으니 이제 조금만 울어도 되는
밤은 조금씩 일찍 찾아온다
내 부끄러운 이름을 연주해 주는
저 낙엽의 음성, 파도에 씻긴다
좁다란 골목에서 큰길로 가는 시간의 어귀에서
누구인가
밤새 저리도 지휘하는 이는
아무도 듣지 못할 때를 골라 저리도 슬퍼하는 이는
슬픔이 축축한 사랑이라고 아직도 믿는 이는,
열매였던 것이 다시 열매로 생환하는 음音!
무턱대고 안겨 와서
밤새 어쩌지 못한다
음音이 풀물에 적신 옷을 말린다

나는 떠날 때를 알고
사실은 두려웠고
지금도 두렵다, 사랑이란 것은
이 가을의 음률이란 것은

저녁 들물

바다가 사람에게 다가가는 방법은
사람이 바다에게 다가가는 거라네
저렇게 발갛게

저 서녘을 따라 내처 걷는다면
내일은 동쪽 아침에서 새로 태어나겠지만 나는 흔쾌
히 노을을 놓아줄 생각이네

다음에 누가 이 바다에 설 때는 때 묻지 않은 노을을
볼 터이고
한 번도 노을을 더럽히지 않은 나는 어부들의 고단
한 물길 옆에서
냉동 꽃게처럼 다시 잠을 깨겠네

아침 일찍 양말과 물옷을 빨랫줄에 걸어 놓고 능소
화를 따라간 처녀들은
하루 낮 햇빛에 물컹하게 익었지만
늙은 청년들은 다가서지 못하고

꼬막만 한 문간방에 노을 한 채씩 들여앉혔네.

그 비린 저녁

이미 우리를 물가에 데리고 와
바다보다 노을에 빠지는 법을 가르쳤던 아버지들은
이제
마지막 멸치 어장막에서 들어서는 풍어기와 조우할
것이고 나는 저녁 들물을 만나
반찬거리 몇 마리 낚아 올려서 아버지 술안주로 올려
야겠네

바닷사람들이 말을 아끼는
집으로 가는 시간
묻혀 온 비늘들을 수돗가에서 씻는 그 시간, 바다여
어찌 이리 태연하고
또 고요하신가
고요가 나에게 다가서는 방법은 내가 고요보다 고요

해지는 것이리

3부
소매가 닳고 닳는 것처럼

꽃들의 사관史官

그때는 나무이기보다 꽃이었을 것이다
꽃 지는 소리에 잠을 깨는 두려운 가슴의 새였을 것
이다
그녀가 포장마차에 앉아 최루탄 냄새를 안주로
이십 년 간직한 처녀를 바닥까지 마셔 버린 그날
대세는 청춘의 반대편으로 기울어 있었다
세상을 피하여 입대하는 어느 놈팡이에게 갔다 와
서는
나와 하룻밤 눕고 싶다고
아무 일 없이 허리에 손만 얹어 보자고
뿌연 담배 연기처럼 중얼거렸다
그때 나는 해당화였던가
능소화였던가
잘 응답하지 않는 잎맥을 흔들며 겨우 광합성을 했
던 밤
꽃들은 부름켜로 돌아가 산발적으로 수음을 했다
단 몇 미터 앞에서 이십 세기 말엽은 분신하였고
유탄에 맞아 거꾸러졌다

어둠과 어둠이 은밀히 살을 섞는 꽃들의 유배지에
서는

검은 점퍼 차림의 사내들이 튀어나온 돌부리를 툭툭
차며

시간을 보내고 있었다

우리의 신념은 단지 꽃들의 전설로 완성되었다가 다
음 날 꽃이 졌고

다음 날은 다시 피었다

그러나 그걸로 그뿐이었다

죽어 버린 시간은 우리를 기록하지 않았고

무수히 많은 사마천들이 백척간두에서 궁형을 당
했다

몸을 피한 몇몇은 한 굽이를 지나가는 고갯마루처럼
앉아

오래된 사서史書의 후반부를 찢고 그길로 쓰러졌다

미리 적어 놓은 역사는 예언이 되기 때문에

언제 어느 때라도 우리는 다시 사랑할 수 있다고만
썼다

나는 꽃들을 기록하는 일은 천기누설임을 알고
대한민국 서울에서 부끄러운 향기를 음독했다
마침내 졸卒했다

쓸쓸함의 비결

어제 잠깐 동네를 걷다가
쓸쓸한 노인이
아무 뜻 없이 봉창 문을 여는 걸 보았다
그 옆을 지나가는 내 발자국 소리를 사그락사그락
눈 내리는 소리로 들은 것 같았다
문이 열리는 순간
문밖과 문 안의 적요寂寥가 소문처럼 만났다
적요는 비어 있는 것이 아니다
탱탱하여서 느슨할 뿐
안과 밖의 소문은 노인과 내가 귀에 익어서 조금 알
지만 그 사이에 놓인 경계는
너무나 광대하여
그저 문풍지 한 장의 두께라고 할 밖에
문고리에 잠깐 머물렀던 짧은 소란함으로
밤은 밤새 눈을 뿌렸다

어제오늘 끊임없이 내리는 눈에 관하여
나직나직하게 설명하는 저 마을 끝 첫 집의 지붕

나는 이제 기침 소리조차 질서 있게 낼 만큼
마을 풍경 속의 한 획이 되었다
나도 쓸쓸한 노인처럼 아무 뜻 없이 문 여는 비결을
터득할 때가 되었다
실은 어제 밤새워 문고리가 달그락거렸다

문고리에 손 올리고 싶어서
나는 문을 열었다

파동

그날도 이른 겨울이었다
오늘 저녁처럼 손등이 싸늘하였다
애인의 입술 언저리에 핀 커피 향기도
쌀쌀맞은 구석이 있었다
그렇지만 나는 괘념치 않고
카페 정원수에 내린 새를 관찰하였다
저녁이 살구나무 가지 끝에 집중하고 있었다
새와 나뭇가지는 같은 선상에서 휘청거렸다
어딘가에서 본 새가 분명했지만
이름이 생각나지 않았다
흔들림에 익숙해진 것인지 새가 요산을 찔끔 뿌렸다
그리고 꽁지깃을 두어 차례 털었다
카페 안은 한산하여
새를 보는 사람은 나밖에 없었다
짧은 시간에 새와 살구나무 가지와 나 사이에
견딜 만한 삼각관계가 만들어졌다
누가 카페 문을 나서자
뚝!

내 날개의 아픈 부위가 덧났다
그때 나뭇가지 주위를 맴도는 파동
마음은 새를 따라 흐르다가
나뭇가지의 떨림에 가서 꽂혔다
떨림을 억제하지 못하는 아픔이
도시를 정밀하게 매만지고 있었다
나는 멀리 떠난 마음을 끌어당겨
애인에게 돌아왔다

냉잇국

어제저녁 식탁에서
공연히 냉잇국을 화제에 올렸더니
식전에, 아버지 어머니가 나물 칼을 들고
아직 어려서 향기도 없을 냉이를 베러 가셨다
흰 액을 내비치는 냉이
초봄은 춥다
모든 계절을 향해 왈칵 풋 가슴을 열어 보이는
여린 것들에 이끌려 두 분은 연둣빛의 신도가 되셨다
좀 더 키워서 초대해야 할 봄이 있다
이 애처로운 걸 어떻게 먹으라고 캐 오시는지
그러나 모르시는 말씀
냉이 찾았어! 하는 순간 애가 어른 되고 어른은 늙어
버린다
그러므로 냉잇국은 순간의 음식
인생은 쏘아 놓은 화살 같아서 향기로운 것
냉잇국 한 숟갈 떠서 머금어 보는 사이
바람의 방향이 바뀌었다
벌써 아버지 어머니가 나를 캐다가 바구니 집어 던

지고
　꿈을 꾸기 시작한 그 위대한 봄바람이다
　겅중겅중 뛰어다니며
　쿵 쿵 쿵 냄새 맡게 된 냉잇국에서
　수십만 년 전 움푹한 풀 냄새가 난다
　나는 나른해져서 그럭저럭 살다 간 사람들의 무덤
가에
　따뜻하게 눕는다

복사꽃 지붕

너희 동네 봄은 어디까지 왔느냐고 물었던
서울 중랑천 친구를 생각하며
두어 시간 보냈고
세상을 아무리 바로 보려 하여도 흐릿하기만 한
내 눈의 백내장을 생각하며
또 두어 시간 보냈다
이 동네의 산불 감시 오토바이는 봄볕에 곯아떨어졌
는지 그 옆 초막에서 코 고는 소리가 구성지고
개울 이편에서 저편으로 건너가려는 듯
방금 흐드러진 복사꽃이 맑은 종아리를 뻗는다
누구에게나 닿을 저편이 있다는 듯
그리하여 기어이 닿을 듯
연분홍 아련하다
나이가 들수록 봄 견디기가 어려워서
아무것도 보지 않으려고
몽환夢幻, 내려놓고 오는데
턱! 숨이 막힌다
난분분 복사꽃이 문패 없는 내 집을 어떻게 찾았는

지 복사꽃 지붕을 얹었다

연분홍 읽느라고 또 두어 시간 대문 앞에서 보냈다

사월에는

꽃 한 송이를 참지 못하고
스스로 꺾이는 씀바귀꽃조차
사월에는 돌아가야 한다
그를 생각하며 불어오는 바람이 살구나무를 흔들어
머리로 떨어지는 살구꽃 한 잎도
살구나무에게 돌아가야 한다
그즈음 시작한 우리의 십팔 세도
그때 그 마을로 들어가는 초입에서 서성인다
여리지만 푸르른
그 나이에게
빌려 쓴 나이를 돌려주어야 한다
서산에서 붉은 저녁놀도 날아드는 가창오리도 처음
부터 내 것이 아니었다
아무것도 아닌 것에서 우리는 태어나고
무엇이 되기 위하여
직설적인 사랑을 해야 했다
그 사월에는 십팔 세인 것들은 다 십팔 세이어야 한다
내 이마에도 꽃 잎사귀 같은 키스가

나비를 안고 내려앉았고
젖은 갈대숲에서 받은 키스를 돌려줄 때
벼락처럼 인생에 감전되었다
사월에는
돌려주기 전에 돌아가도록 열어 주어야 한다
그 누구도
더는 빼앗지 말아야 한다.
가져간 손에 피가 묻기 때문이다

'과'와 함께

눈과 비 사이에 '과'가 놓이면
필연 너와 나는 '과'에 젖을 것이다
눈물의 함수와 비슷하게 살아온 우리는
애초에 그런 과였다
함께가 되고 싶은 말 '과'
매끄러운 지상의 공기를 마저 마시고
천둥 번개가 번뜩이는 이 소란한 빗속에서
나는 '과'의 어깨에 내 손을 얹었다
오늘 오후 2시 10분에
물결처럼 흐르는 길 위에서 '과'에 관한 것들이 소포
로 실렸다
우선 비대면이었고 얼굴을 보일 필요가 없는 세상이
어서
당분간 나는 편할 것이었다
내 얼굴이 없는 소포들이 마스크를 쓰고 길 위에서
달렸다
길에 관하여 논할 수 있는 사람은
오직 길에서 쓰러진 사람뿐이므로

아무도 길과 길 사이의 접점을 말하지 않았다

직선과 직선, 직선과 곡선, 곡선과 곡선, 또 다른 무엇
이 만나

그 지점에서 같아졌을 때 인생의 함수가 가파르게 그
려졌다

길과 길 사이에도 '과'가 있어서

우리는 어차피 함께 걷는 중이었다

그리하여 '과'는 우리를 엮어 주는 커다란 과정이었다

눈비 오는 '과'에게 말한다

그래 줘서 고맙다

정구지지짐

진주담치가 들어가야 제격인데
동네 초입 손바닥 밭에서 물큰물큰 피어올랐던
초록 이파리 몇 가닥으로 사람을 끌어당긴다
동네 이름을 내세운 청년회에서
생강차와 함께 가져온 정구지지짐
실버카페라는 이름이 붙은
가로수 그늘 아래 열린 휴식 속으로
두 중년 부인이 들어와
진주담치가 없는 파도 소리를 나누어 준다
서울은 서서히 긴팔 옷을 입기 시작하고
허기란 놈은 왜 이리 정직하기만 한가?
줄을 서시오, 지난 시대의 농담을 킥킥거리며
언제나 정구지지짐은 도착하는 것이다
나누기의 기술이 곱하기를 초월하듯
비가 내려 주어야 감칠맛이 생기는데
하늘은 더없이 높아 가고 있다
정구지지짐은 저 높은 구름 위에 앉아 생강차도 한잔
곁들이는

늙은이들의 자존감에 살을 찌운다

―많이 드세요

물개똥나무와 모과나무가 연리지를 만들어 가고 있는

9월의 마지막 날

도시의 가로숲에서 복작복작 익는

그 갑작스러운 정구지지짐

생활 쓰레기 매립장 가는 길

어제 나는 먹다 남긴 치즈 조각이었다가
오늘은 어디를 덧대어도 더러움을 빨아들일 수 없는
행주 조각이 됐다
유월 아까시 꽃 주르르 흐르는 이 길은 치명적으로
아름다운 길
꽃 따라 마지막으로 향한다면 그리 섭섭할 것은 없다
생활 쓰레기 매립장이 산 중턱에 있어서 오르막을 오
르면
내가 탄 오물 칸에서 운명처럼 꽃이 진다
나는 한때 잘나가는 사내의 백구두였고
결혼식장의 흰 목장갑이었고
처녀의 허리를 죄어 주는 코르셋이었고
뒷산 소쩍새 소리를 듣는 이어폰이었다
가끔은 애인이 나를 발견하게 되는 안경테였다
아주 잠깐이었다 꿈속의 꿈이었다
나는 생활 쓰레기로 분류되어 당신을 기억한다
당신이 사는 세계에서는
당신이 당신을 분류하고 다른 당신이 다른 당신을 분

류한다는 것을,

　분류하다가 끝나는 인생과

　분류되다가 끝나는 인생, 단 두 종족만이 남았다

　나를 실은 위생과 트럭이 느리고 힘센 기어로 변속
하고

　초여름을 뻘뻘 흘리며 기어오른다

　싱크대의 홈통에 낀 라면 면발들에게도 한번은 꽃피
라고

　누가 이런 꽃길을 열어 놓았다.

　아, 천년 썩을 터전이 다가온다

　고맙다, 나는 당신이 쓰다 버린 천년이었다

야외 기원

오늘도 자전거를 세워 놓고
당신은 단풍이 드네요
가을색에 물든 공중화장실
그 옆 자작나무 아래에서
시원히 배변하지 못한 마지막 몇 수를 생각하며
당신은 흐릿한 안경알을 닦게 되겠군요
나그네새가 만든 그늘이 깊숙하고
인생이 온통 호구였다는 듯
당신은 유서 깊은 내기 바둑을 두겠지요
초청받지 않은 고수들이 야외 기원으로
속속 도착하여 판세가 커지는 형국이지요
당신은 호주머니가 많은 낚시 조끼를 걸치면서
백수임이 밝혀졌고
화장실에서 김밥을 먹은 사람들 사이에서
오백 원짜리 막대 커피도 마실 만하다는 소문이
파다하게 번졌지요
이제 며칠 남지 않은 가을이
당신이 안착하고 싶은 자리에 흑돌을 놓아요

그때 당신을 따라온 자전거의 안장에
고추잠자리 내려와 앉고 빨갛게 익어 가고 있지요
허기는 무죄입니다
이번 한 판만 잘 두면 고추기름 동동 떠다니는
소고기국밥 한 그릇을 벌겠지요
뜨거운 김이 허벅지게
당신의 허기를 녹이겠지요

길앞잡이

가덕도에 가면
목넘이 마을이라고 있는 것 아나?
목을 지나 광대뼈를 지나 코끝에 자리 잡은 목넘이
마을,
거기로 가는 제방 길은 터진목이라 불려, 필시
누가 다른 누구를 외쳐 부르다가 목청이 터져 버리
는 곳
그 제방에 길앞잡이란 벌레가 살아
한 발 다가가면 한 발 거리로 멀어지고 두 발 다가가
면 두 발 거리로 멀어지는
오직 앞길을 터 주는 것만이 신념인 벌레,
그래서 숙명적으로 등짝이 아름다운 벌레야
온종일 길앞잡이를 따라다니다가 해가 기울면
아무도 앞서 주지 않는 바닷길에서 가끔 길을 잃곤
했지
그대의 생에서도 그러하듯이
나에게도 한때
목 터져 부르지 않고는 지나갈 수 없는 아름다운 길

목이 기다리고 있었어
　어느 봄부터 겨울까지
　우리가 외쳐 불러야 할 것이 바로 우리였을 때
　내 앞에서 픽픽 쓰러지는 등짝들이 있었지
　그 등을 밟고 넘어가야 하는
　슬프고도 아름다운 그런 길목이었어

　내 등에 억새가 무성한 요즘 불쑥 생각나
　기름밥을 먹으며 어느 공장 뒷담에서 25도 소주를 시
킬 때
　등딱지가 너덜너덜해진 작업반장이 들어와
　한 치 앞도 내다볼 수 없는 생의 뜨끈함을 목넘이 마
을 방식으로
　원샷하고 있었던 거

헌 옷 바자

새 옷은 입는 순간 헌 옷이 되지
그래서 인생은 허름해도 용서가 되지
나는 물려받은 행성에서
습관이 된 길을 따라 산책을 하네
아침형 인간들은 항상 새 옷을 걸치지만
저녁형 인간인 나는 항상 최후의 옷을 입네
전철역 공원에서는
한 달에 한 번꼴로 헌 옷 바자를 하는데
인생의 단추가 떨어져 나가는 것처럼
인생의 소매가 닳고 닳는 것처럼
물 빠진 인생들이 바자를 하네
단돈 만 원이면 헐렁한 양복 한 벌 빼입을 수 있어서
나는 지구의 반대쪽을 뒤적이듯
갑작스러운 옷 욕심을 선별하네
처량하고 처량하여라
이 바지를 입었던 사람은 꼬리가 있었고
이 셔츠를 입었던 사람은 날개가 있었네
그에게 꼬리 한 번 치지 못하고

그녀에게 파닥이며 날아가지 못한
실패한 현대사가 기록되어 있네
끝까지 한 인간과 함께하고 싶었으나
뜻을 이루지 못한 열망에게도 물큰 눈물이 나네
그의 어깨와 그녀의 무릎을 닮아 버린
화석들의 바자에서
모두를 사랑하지 못하는 내 처지가 안타까웠네
그리하여 낡고 낡은 이 행성에 관해서도
새 옷 한 번 입혀 주지 못한 내 청춘에 관해서도
깔쌈하게 입히고 싶네
헐렁하고 꾸깃꾸깃한 속옷 같은 마누라와
느릿하게 노는 삼삼함에 대하여
나는 눈시울을 적시며 늙은 유행을 만져 내려가네
반짝 행복했던 그때 그 사치를 향하여

그리움좌座

    친구 광태에게 호밋자루를 넘겨주었더니 그 바보가
바다같이 하염없는 눈물이나 떨구었지 우리는 조개를
업고 살아야 해, 하고 아주 감칠맛 나게 울었지 세상과
하직하는 것도 아니고 달포쯤 서울 갔다 오려는 것인데
그 난리를 쳤지 그 눈물바다의 늦둥이 아들이 어린이집
숙제라면서 나에게 우주를 그려 달라고 하는 거야 콩알
만 한 아이들 가슴에 우리말 사전만큼 불가해한 우주
를 토씨도 빠뜨리지 않고 담으려는 선생님은 아마 생각
속이 우주처럼 널찍할 거야 바지락조개 껍데기에 은하
수와 카시오페이아자리와 북두칠성을 그려 넣었지 거
기에 나만 아는 그리움좌座도 슬쩍 끼워 넣었지 그때 난
알았지 우주는 작을수록 크다는 걸, 블랙홀처럼 작은
것들이 우리를 빨아 당긴다는 걸, 우리들의 조개밭이
사정없이 우리를 막 끌어안으려는 것처럼,
    그리움만 품고도 광태는 바다 끝을 열 천 번도 넘게
다녀왔지. 그래서 눈물이 저리 파도치는가

4부
밥 나눠 먹는 소리

갠지스

문을 열 때 한 처녀가 꽃 한 다발을 들고 난감해 있다
꽃 한 다발 어울리게 들이지 못하는 내 혈관으로 부
끄러운 가난이 역류한다
너무 과분한 꽃을 두고 가는 처녀에게
나는 편지를 한다
장밋빛
정이에게 편지를 한다
다시 꽃필 수 없는 내 스무 살과 지금 꽃피는 그녀의
스무 살 사이에
강이 흐른다
꽃보다 쌀을 가져올걸 하고 눈물짓는 처녀와 쌀보다
꽃을 가져온 게 좋았다고 생각하는 나 사이에
갠지스가 흐른다
그날
편지를 한다
지상의 모든 사람을 사랑하다 실패한
한 발자국 앞의 연민에게

비의 화석

의령 서동리에서는 빗방울이 바위를 뚫고 들어가지

그런 역린을 우흔雨痕이라 부르지만, 흔적이라고 할
순 없지

일억 년 전의 서신이 고스란히 오늘에 도착한 것처럼

언제 개봉해도 새로 완성되고 있으니까

여기서 그다지 멀지 않아

이번 일요일에 가 보는 게 어때?

한생을 사는 것같이 표 나게 살려면

바위와 빗방울에서도 건져야 할 게 있을 거야

일억 년이란 시간

짧은 시작과 짧은 끝에 익숙한 나는 도대체 감이 잡
히질 않아

일억 원이라는 까마득한 욕망처럼 저수지에 빠지는
기분이야

어떻게 그런 억지가 바람에 마모되지 않고

태연히 맺힐 수 있었을까

부드러운 흙에 비가 내리고

그 빗방울 자국 위에 뭔가가 작용한 거지

영원한 시간이나 혹은 전광석화 같은 것 말이야

그렇게 겹겹이 쌓이거나 번쩍하는 것을

사람의 세 치 혀로는 더럽힐 수 없는 속수무책이라고
하는 거지

나는 순간이 영원이라는 과학적 증거를 본 거야

서동리에 가면 우흔이란 게 있어

뚫고 들어오는 빗방울을 다 품어 준 바위가 있지

사실은 흙과 빗방울이 첫눈에 뜨거워진 거지

사람 이전의 역사에서는 모두 그런 방식으로 사랑이
란 걸 했을 거야

우산은 펴지 마

비가 '나'라는 의미를 사랑하려는 건지도 몰라

한 일억 년쯤 오래오래

배낭이 커야 해

집 나올 때는 배낭이 커야 합니다
집을 가지고 다녀야 하니까요
아무 데서나 자려면 돗자리는 있어야 하니까요
지붕은 필요 없어요
별을 세다가 자야 하니까요
새벽을 위해서는 배낭이 커야 합니다
반짝 열리는 인력시장에서
뭔가 단단히 준비하고 온 걸 보여야 하거든요
고달픈 인생은 우리 사이에서 계급장이지요
흔한 연애 사건 하나와
술자리에서 펼칠 무용담 몇 가지 여유 있게 담으려면
배낭이 커야 합니다
오늘은 양평에서 고추 따는 일이 걸렸어요
일 끝내고 가져갈 만큼 가져가라는 인심을 담으려면
욕심껏 배낭이 커야 합니다
상품 안되는 것 공원에서 팔면
피로 만든 선지국밥 한 그릇은 남길 수 있어요
아, 나는 그 선혈을 담기 위해 큰 배낭을 짊어졌습니다

벌써 환갑이 코끝에 닿은 나이
내 몸보다 큰 배낭을 짊어졌습니다
젊었을 땐 그게 무겁지 않았어요
청춘을 담을 공간이 필요했어요
왜 집을 나왔느냐고요?
아직은 담아야 하니까요 나는 담기기 싫었습니다
그러므로 배낭은 커야 합니다
별을 향해서라도
노숙을 향해서라도

음표의 저녁

음표의 저녁이었다

음악이 아니면 바로 설 수 없는 도시 변두리의 천변 도로였다

그녀의 목청에 악보 한 권 꽂아 두고 싶었지만

그게 사랑이 아닐 거다 생각하여 내려놓았다

처음 갈대 옆에서 외로운 듯 서는 법을 늦게 배웠고

니코틴 같은 사랑에 취하여 한 번쯤 비틀거려 보는 것도 늦게 배웠다

뒤늦게 나는 내가 부르는 내 노래에 빙의하였다

청춘을 이끌어 주는 것은 언제나 노래이지만

인생이 빠져 버린 가사에는 들어가서 웅크린 채 노래할 수 없다

오늘 해가 뉘엿한 천변 도로를 걸으며

정태춘을 부르려다 그만두었다

노래하지 않고도 오선지를 걷는 순진한 노래들의 귀소를 보며

나는 서쪽 아파트에서 집중적으로 붉어졌다

종일 밥집에서 하루 일당을 캔 여자들이

머리에 나른한 생을 이고 음표처럼 나란히 저녁을 향해 가는 것은

꼭 있을 것만 같은 정태춘의 '저녁'

누군가에게 뭔가를 줘야겠다는 마음으로

언제나 한 번뿐인 저녁은 지어지는 것이고

그들은 빠른 속도로 그릇 달그락거리는 소리로 돌아갔다

누구에게나 낡은 알람브라 궁전을 추억할 기타 선율 한 가닥은 있지만

듣는 것도 연주의 한 방식이어서

천변 도로의 저녁 안개처럼 음률 속으로 걸어 들어가

나는 고요히 몸을 씻었다

그 음표의 저녁이었다.

새들은 날아오고 여울물 소리는 한 옥타브 낮았다

모두 돌아와 천변에 깃들 때 오직 나의 사분음표만 돌아오지 않았다

그런 저녁이었다

완전한 것들이 다 완벽하지 않은 것처럼

가로등의 담담한 노래 한 소절을 놓쳐 버린

천변의 저녁이었다

사랑에게

밥을 짓듯 노래가 지어지는 중랑천으로
건강하게 익은 아이들이 깔깔깔 웃으며 자전거를 타
고 나왔다
페달에 발을 올리고 천천히 저녁을 젓는 사소한 일이
왜 나를 행복하게 하는지 알 수 없지만
어떤 위대한 영혼이 미거한 나에게 소중한 것을 하사
한 것을 안다

몇 페이지의 물 냄새가 또 몇 페이지의 인생을 조용
히 연주할 때
벅차오르는 가슴으로 나는 물의 정직한 악보를 어루
만진다
이미 살아 버린 내 손톱만 한 생도 잘만 다듬으며 살
았더라면
지금쯤 '시인의 마을'의 한 소절 속에 머물 수도 있었
을 것을

나는 여기에, 정말 아무것도 아닌 여기에 서서, 존재

들의 태반인

　실존實存을 느낀다 사랑하는 당신의 꽃봉오리를 만
지듯

　내 몸에서 출렁대는 중랑천에게 납자루에게 어류도
감에게
　목이 쉰 저녁 매미에게
　그리고 지금 당장 필요한 커피 값 1500원에게
　나를 꾹꾹 눌러서 편지를 쓴다
　숲 매미 바람 그리고 커피 향기, 미동하는 것들은 모
두 아름다웠다

　아름다움을 찬미하기엔 정녕 늦어 버린 시간이지만
　바보처럼 착했던 첫 시집처럼
　건드리면 오므라들 것 같은 예민한 언어들이
　생의 부위마다 꼭 한두 줄씩은 있기 마련이어서
　살아 있는 것들의 낭송에 기대어 리히터 규모 7.0의
진앙지가 되어야겠다

허물어지는 지표면처럼 나는 생을 그토록 무너지게
사랑하였다

벽화 없는 왕릉

무령왕릉 입구는 철문으로 굳게 닫혀 있었다 흔한 직박구리 노랫소리조차 섞여들 수 없도록 침묵은 완고했다 침묵의 환기구에는 쇠창살이 내려져 있었다 능의 주인은 환기구를 통해 세상을 조망하는 것 같았다 장난삼아 머리를 넣어 보니 쑥 들어갔다 임금의 시야를 흐리게 한 죄 큰 줄 알면서 침묵의 내막을 열어 보고 싶어 허락 없이 숙면 속으로 발을 들였다 임금이 창고를 열어 굶주린 백성을 구제하듯 나를 반겨, 인동 당초문 찻잔에 백제의 담담한 향기를 담아내셨다 지상에서는 초대받지 못하던 내 인생이 가장 융숭한 대접을 받는 역사 이면의 큰 사건이었다 감히 임금의 침소에 발을 들이고서도 무사하다니 임금이 세상을 회상하는 방법에는 화려한 벽화 한 장도 끼어들 수 없었다 인간이 소박할 수 있는 최후의 기술이 벽돌 한 장 한 장에 새겨져 있었다 내가 가진 것 없이 지상의 방 두 칸을 욕심내다가 한 백 년만 지상에서 살아 봤으면 욕심내다가 결국 되돌아온 반지하 단칸방에 나는 단 한 장의 그림도 걸지 않았다 지상의 방 두 칸을 얻을 일억팔천도 없다면 보증금 삼

백에 월세 십오만 원으로 찌그러져 있어야만 하는 아으,
나의 벽화 없는 왕릉!

끝나지 않는 연주

매미가 나무 위에서
시원한
냉수 한 잔 부어 주네
산바람에 젖은 나뭇잎 한 장 띄우고
천천히 불멸의 음악 마시네
생각나네
지난해 여름에도 그 이전의 여름에도
지휘자도 없이 악보 하나 빠뜨리지 않고
바람 교향곡 연주했던 일
오래된 악보를 따라 살을 비비대기만 하여도
그것이 그냥 음악이고
인생인 것을,
참 놀라운 일 아닌가
여름 한 철 아비가 쓰던 악보, 몸에 넣고 가 버렸는데
7년 뒤 그의 자식들은 하나도 틀리지 않고
아비를 연주하는 것 말이야
그 악보는 대관절 어떤 방법으로 물려주는 것일까
아들에게 굵고 믿음직한 땀 흘리는 법을

땡볕 산밭에서 가르치다가

나무 그늘에서 잠시 다리를 뻗네

멀리서 깡충깡충 논둑길을 뛰어오는 것이

아무리 보아도 딸아이가 막걸리 한 주전자 담아 오는
것 같고

대견한 일 아닌가

시키지도 않았는데 아들이 아비 다리 주물러 주는
것 보면 말이야

아비 몸에서 음악이 흘러나올 것만 같은 연주는

이렇게

스스로 이끌려 이어지는 것이었던가

비파 퉁기는 소리

잠결에 들었네 비파 퉁기는 소리를
돌아누워 생각해 보니 쏴아! 하는 파도 소리
어제저녁에는 소맥으로 폭탄주를 만들어 먹었네
새벽이 아닐까
지금은 모든 사람이 지상에 방 한 칸 가지는
혁명의 새벽이 아닐까
그러나 아니었네
새들도 저마다 둥지를 하나씩 가지고
등줄쥐들은 등줄쥐대로
길고양이는 길고양이대로
자기 몸 하나가 어엿한 집이고
도란도란 밥 나눠 먹는 소리 또한 어엿한 집인
도시의 처마 밑에 걸린 새벽이 아니었네
나도 모르게 지상으로 올라가
마구 뛰어다니고 날아다니고 싶은
그런 새벽이 아니었네
주정뱅이 하나가 내 창틀에 대놓고
오줌을 싸 갈기는 현실 속의 새벽이었네

나는 들었네
얻어먹는 김에 왕창 퍼마셔서 아직도 소화되지 못한
비파 퉁기는 소리를
반지하방이 나를 오줌 박세기로 퍼 담는 소리를

뚱 뚜기둥 음악에 몸을 싣고
술 깨면 나는 가리 지상의 내 집으로
여섯 살부터 그리워하다가 예순이 되어도 잡히지
않는
처음부터 헛것이었던
그 가상 공간의 높은음자리 속으로

산수박

할머니는 손자에게 일 시키지 않고 산 아래 밭까지
꽁지 물고 따라오는 것 대견해하시지

애매미 노래가 지글지글 고기 굽는 소리로 들리고 멀
리 바다에는 통통통통 전마선 한 척 게으르게 지나가지

혹시 부산 신발 공장에 일 나간 엄마가 고기 한 근 끊
어 올지도 모르는 신작로 옆구리엔 땀이 삐질삐질, 배꼽
시계가 정오를 가리키지

꼬르륵꼬르륵 눈치 없게 배 안에서는 개구리가 울고
할머니 호미 날에는 감자알만 한 돌멩이가 이마를 잡고
데굴데굴 구르지

이 꿩 저 꿩 이 산 저 산 구운 콩은 다 먹고 사르르 잠
이 찾아오는 묵정밭

길어진 밭이랑을 참다 참다 할머니

산그늘에 들어가 쉬이 소피를 보시지

졸졸졸 개울물 소리 끝에서 할머니 이리 오너라 손
흔드시고

투덜투덜 몇 발 안 되는 여름은 뜨거워라

할머니 부끄럽게 산자락을 적신 그 뜨뜻한 공백 옆에

덩그렇게 놓인 산수박 한 통

　눈도 밝으신 우리 할머니

　픽 쪼개면 새까만 씨앗들, 어서 많이 먹어라 우리 할
머니 산수박 낳으시러 이제 산그늘에 드셨지

목숨

    고물 스쿠터에 빠라바라 빠라밤! 하는 고색창연한 경적을 달고 전철역 공원으로 밀고 들어오는 놈은 볼 것 없이 빠라바라다 일 년 내내 우울의 비가 내리는 오토바이 파이버 속에 붕대를 칭칭 감은 머리를 감춘 놈은 빠라바라다 오늘은 느닷없이 붕대를 풀고 자기 골통이 무사한지 확인하잔다 스무 살 갓 넘은 놈이 너나들이로 내게 담배 한 개비 달란다 세상 시끄러울까 봐 한 개비 주니 쭉쭉 빨아 당긴다 상처에서 연기 나는지 봐 줘 연기 나면 골통에 구멍이 난 거니까 어제 홍화관파 애들과 맞닥뜨렸어. 다섯 명을 난달박치기로 주저앉혔어 그때 한칼 먹었지 하하 내 머리는 역시 돌이야 빠라바라의 무용담에는 홍화관이 빠지지 않는다 빠라바라는 야간에 짜장면을 배달하는 것일까 그때 개골창에 처박힌 걸까 우리끼리는 직업을 말하지 않는다 모두 놀고 있는 이 모욕의 시대에 나 혼자 직업을 가지는 것은 남의 피를 빠는 것이다 그러나 통쾌하다 다섯 놈을 난달박치기로 처단했다고 하지 않는가 선과 악이 구분되지 않는 강호에서는 센 놈이 선이다 우리는 험난한 인생무림에서 목

숨을 부지했다 화끈하게 한 백 년 놀아 보지 않은 자는
그 입을 다물라

밀양역

그날 밀양역에서 나는 환승을 기다리며
캔 커피를 마셨고
대합실 밖에서는 지칭개가 흠뻑 젖어 있었다
쓸쓸하게 걸어 들어오는 가을비에게
아무도 옷자락을 털어 주지 않았다
송전탑에서 들려오는 소문에 대해서도
말하지 않았다
레일 옆을 뚫고 나온 쑥부쟁이처럼
지축을 뒤흔드는 폭력을 이기고
드디어 꽃을 피워낸 인생의 정면들이
그날은 왠지 미미한 바람에도 진저리 쳤다
들풀들은 나무 의자에서 나란히 졸았고
싸움을 이끌어 갈 나이는 아니었다
주인 없는 누렁이 한 마리가
의지하고 살 만했던 사과 익는 향기를 찾아
잠깐 대합실을 맴돌다 갔다
밀양역 공기는 짙은 풀색이었다
풀물은 지워지지 않아

들풀들의 싸움은 오래 남을 것이었다
그때, 만나러 가는 사람과
만나고 오는 사람들 그리고
가지도 오지도 못하는 사람들이
대합실을 가파른 숨결로 가득 채우고 있었다
가만히 앉아서 당신을 생각하는 것처럼
거기서도 당신이 나를 생각하는 것처럼
우리는 만나야만 하는 쓸쓸함의 역이었다
악수와 독서와 토종닭 한 마리
그리고 가라앉지 않는 적란운
망연히 서 있는 나는
마중인 줄 알았는데 온통 배웅이었다
가을비는 가을을 내려놓고
다만 비로 플랫폼을 적셨다.

가을이 왔다

밭가에 모여 깻단을 털었다
한 식경이 지나 하늘이 선연히 멀어져 갔다
온통 하늘뿐인 하늘 아래에서
아무도 닿을 수 없는 무한천공이 서늘했다
상상으로도 내막에 도달할 수 없는
나의 뇌는
벼메뚜기처럼 노랗게 익어 갔다
시인 열 명이 낭송하여도
저 벼메뚜기의 가을을 흔들지는 못하리
억새풀 더미에서 선뜻 다가오는 풀벌레 소리에
깻단을 툭툭 두 박자로 털었다
그러므로 나락도 밤도 옥수수도 모두
음악이었다
여름 동안 익고 여물고 쩍 벌어지는
열매들의 조용한 혁명을 아시나
나도 잘 모르고 당신도 몰라도 되는 그것
열매들이 일어나 온 세상을 먹이는 그것
손바닥만 한 텃밭에게도 가을 하늘로 응답해 주는

그것, 아시나

    여름 내내 받아 마신 밭가의 신반천에게

    이제 물꼬를 터 주는

    이 세상 깻단들의 뿌리는 깊었다

    그날 깨꽃 한 잎 담아 보낸 내 편지에도

    잘 먹었다는 깨알 같은 응답이 왔다

    모든 열매가 다 완성되는 것은 아니었다

    하지만 나름대로 익은 것이다

    나는 곡식처럼

    익느라고 뒤돌아보지 않았던 내 안을 들여다보기 위

하여

    고요히 숙인다

    모두 가을 덕분이었다

고요의 내부

밭가의 저수지 가득 채워지는 걸 보고
그가 나를 좋아한다는 걸 알았다
안개 속에 털매미 노래 자욱하게 하고
별안간 소나기를 쏟아부어
뜨거운 나를 식혔다
며칠째 아이 몇을 낳으려는지 고구마밭이 고요했다
나는 설익은 농부이어서
고구마의 고요를 참아내지 못했다
조용한 마을에서 농사 떠들썩하게 지어
고구마의 복장도 자못 소란할 거라 여겼다
하지만 모든 익어 가는 것들에게는
마지막으로 칠 일간의 고요가 필요했다
그것은 그가 나를 뜸 들이는 것
무엇도 모르는 나는 발그스레한 고요를
파헤치기 시작했다
세상의 작별이란 것에게도 뜸을 들여야 서럽지 않은데
사모했던 자유와 열정 그리고 독서 같은 것들도
새기고 새겨야 도드라지는 것인데

고구마 줄기를 쓸어내고
흙을 모욕하고 말았다
고요가 너무 두려워 가을을 침략하는
나는 자그마치 환갑을 거저 먹은 지상의 헛것
창끝 같은 모든 날것의 날을 적셨다
그날 그가 고요의 내부에서 스스로 탄생하고 있었다
달콤한 고구마의 속살로
그가 나를 앞으로도 쭉 응시할 것이었다

조개 리어카를 밀고 세상을 건너다

이병철(시인 · 문학평론가)

　박형권의 이번 시집을 읽는 내내 최백호가 부른 〈낭만에 대하여〉가 머릿속에서 배경음악으로 흘렀다. "한 사내가 우직한 손으로 아직도 젓가락 장단이 화석처럼 남아 있는/항구의 냉가슴을 덥석 쥐는 소리 들려오는"(「젊은 어부들이 밤바다에 떠 있었다」) 때문일지도 모르겠다. 박형권의 시에서는 "슬픈 뱃고동 소리"와 "가 버린 세월"과 "청춘의 미련", 그리고 "다시 못 올 것"들이 '조개'와 '굴 껍데기'의 입을 빌려 쓸쓸함에 대하여 노래한다. 낭만에 대하여 운다. "지상의 모든 사람을 사랑하다 실패한 한 발자국 앞의 연민"(「갠지스」)이야말로 시인이 살아낸 "푸른 행성들의 현대사"(「부교」)일 때, 우리는 저마다 실패한 사랑의 기억 하나씩 꺼내 문장 위에 겹쳐놓으면서 마음속 "꼬막만 한 문간방에 노을 한 채씩 들여앉"(「저녁 들물」)힌다.

　쓸쓸함과 낭만의 정서가 압도적이지만, 시집을 관통하는 시인의 음성은 가래 낀 멜랑콜리가 아니다. "건드리면 오므라들 것 같은 예민한 언어"(「사랑에게」)와 "매일 똑같아도 새로 태어나는" "생각의 소리"(「모든 시에 당신이 있다」)가 카랑카랑하게 발화되면서, "기침 소리 조차 질서 있게 낼 만큼"(「쓸쓸함의 비결」) 시어들의 유기적인 구조를 통해 '쓸쓸함'이라는 추상을 선명하고 입체적인 풍경으로 형상화하고 있다.

그렇다면 쓸쓸함의 정체는 무엇이고, 그것은 어디서 기원하는 것일까? 쓸쓸함은 단순히 시인이 "자그마치 환갑을 거저 먹은 지상의 헛것"(「고요의 내부」)이라는 데서 발생하는 것만은 아니다. 늙는 것도 물론 쓸쓸한 일이긴 하지만 시인은 그 자신을 "지상의 헛것"으로 만든 세상의 자본주의적 물질성을 날카롭게 통시한다. 그의 눈빛이 닿는 자리마다 속도와 탐욕, 경쟁논리의 현대사회에서 남루해진 '사람'의 쓸쓸함이 있다. 그 쓸쓸함은 바로 오늘을 사는 우리들의 권태와 고독과 우울이다.

> 검정 크레파스로 골고다의 언덕을 그릴 때
> 동태찌개가 끓고 있었다
> 그분은 벌써 다녀갔지만 아직 도착하지 않았고
> 가시를 밟으며 오고 계시는 중이었다
> 어떤 사람은 식은 밥을 물에 말아 먹었고
> 또 어떤 사람은 친구가 보내온 어리굴젓으로
> 아침을 때웠다
> 다행히 동태찌개를 주셔서 어부에게 감사하는 사이

또 어떤 사람은 야채토스트를 먹고 싶었지만
야채가 없어서 식빵을 뜯어 먹었다
저마다 버스를 타거나 전철을 타고 직장으로 가는
골고다의 언덕, 눈이 올 것 같은 날씨였다
노인들은 밥차가 올 때까지 줄을 서서 기다렸고
실직자들은 일찌감치 나와 오백 원짜리 커피를 마
시며
노가다 십장이 자기 이름을 부를 때까지
발을 동동 굴렀다,
KF94 방역 마스크를 쓰는 서울 변두리
안전안내문자가 허를 찌르듯 잊을 만하면 떠올랐다
그러나 누구도 쉽게 포기할 수 없는
여기는 항바이러스 지대
가야 할 곳이 있다면 한사코 가야 했다
동태찌개가 끓는 사이
그분은 단지 오고 계시는 중이고
칙칙한 겨울 외투에 기어이 눈이 내렸다

—「골고다」 전문

벤야민은 자본주의의 상품들이 상품 자체의 효용과
가치로 존재하는 게 아니라 이면에 은닉된 산업 구조의
모순과 폭력을 폭로하는 '알레고리allegory'로 기능한다고 말했다. 위 시에서 도시인들의 출근길은 예수 그리스도가 십자가에 못 박힌 수난의 현장, 해골 언덕 '골고다'로 명명되며 현대사회의 비극적 알레고리가 된다. "저마다 버스를 타거나 전철을 타고 직장으로 가는" 출근길이 "골고다의 언덕"인 것은 예수가 십자가에 못 박힘으로써 인류를 구원했듯 현대인들 또한 자기희생과 대속을 통해 교환가치를 얻는 과정을 지나고 있기 때문이다.

현대 산업사회에서 노동은 착취와 소외, 차별을 배태하지만 사람들은 기꺼이 그 구조적 폭력에 스스로를 희생시키면서 직장으로 간다. 일을 해야 먹고살 수 있다는 단순한 이유 때문이다. 아니 먹여 살려야 하기 때문이다. "식은 밥을 물에 말아 먹"거나 "어리굴젓으로 아침을 때우"거나 "식빵을 뜯어 먹"는 건 나 하나로 족하다. 가족들에게는 "혈관으로 부끄러운 가난이 역류"(「갠지스」)하지 못하도록, "가난을 숨기려고 또 물을 안치"(「아궁이였음 좋겠네」)는 일이 더 이상 없도록 "가야 할 곳이 있다면 한사코 가야" 한다. 그곳이 골고다일지라도. 나를 죽이면서 가족들을 살리는 일은 예수의 십자가 고난과 다를 바 없다. 그러나 아무리 피와 땀을 흘려도 물질적 풍요라는 구원은 "단지 오고 계시는 중"이므로, 시시포스처럼 영원히 언덕을 올라야 한다. 그 고난의 산정에서 이탈하는 순간 밥차를 기다리는 노인과 오백 원짜리 커피를 마시는 실직자가 되고 만다.

인생이 온통 호구였다는 듯
당신은 유서 깊은 내기 바둑을 두겠지요
초청받지 않은 고수들이 야외 기원으로
속속 도착하여 판세가 커지는 형국이지요
당신은 호주머니가 많은 낚시 조끼를 걸치면서
백수임이 밝혀졌고
화장실에서 김밥을 먹은 사람들 사이에서
오백 원짜리 막대 커피도 마실 만하다는 소문이
파다하게 번졌지요
이제 며칠 남지 않은 가을이
당신이 안착하고 싶은 자리에 흑돌을 놓아요
그때 당신을 따라온 자전거의 안장에
고추잠자리 내려와 앉고 빨갛게 익어 가고 있지요
허기는 무죄입니다
이번 한 판만 잘 두면 고추기름 동동 떠다니는
소고기국밥 한 그릇을 벌겠지요
뜨거운 김이 허벅지게
당신의 허기를 녹이겠지요

—「야외 기원」 부분

오늘날 60대 남성들은 대한민국 고도성장의 주역이다. 베이비붐 세대로서 입시와 취업, 승진 등에서 치열한 경쟁의 고난을 겪었지만, 고성장 시대에 사회에 진출해 '중산층'과 '내 집 장만'의 보람도 어렵지 않게 누렸다. 1980년대 민주화 운동을 주도했고, 1990년대엔 경제 호황과 IMF 국가 부도 사태의 한가운데서 빛과 암흑을 모두 뒤집어썼다. 이제는 은퇴를 앞둔 노병들이지만 고령화 추세 및 자녀 세대의 사회 진출이 늦어지는 세태 속에서 여전히 일개미처럼 일하는 중이다.

그나마 일할 수 있다면 다행이다. 위를 떠받들고 아래를 이끌면서 한국 사회의 허리로 살아온 6070세대는 가족과 국가를 뒷바라지하느라 늙었다. 그들이 뒷바라지한 것은 산업 자본사회의 물신화된 욕망들이다. 가족들이 편하게 먹고 자고 입을 수 있도록 자신을 일그러뜨리고, 물질 중심 사회에서 자녀들이 결핍을 해소할 수 있게 하려고 스스로 지워지는 걸 택했다. 때로는 '남 부럽지 않게'라는 스노비즘을 위해 더 사납고 부지런한 가축이 되길 주저하지 않았다. 하지만 이제 그들에게 남은 것은 불안한 노후, '꼰대'라는 오명, 곧 쓸모없어 버려질 거라는 불안감뿐이다. 앞만 보며 달려왔지만 정작 자신은 어디로 가야 할지 모른다. 그래서 "자그마치 환갑을 거저 먹은 지상의 헛것"(「고요의 내부」)이다. 스스로를 지상의 헛것으로 여기는 사람들은 "인생이 온통 호구였다는 듯" "야외 기원"에 모인다.

『퇴적 공간』의 저자 오근재는 탑골공원을 비롯한 종로3가 일대를 사회 중심에서 밀려난 아브젝트들의 집적지라고 했다. 하루 3천여 명의 노인들이 모여드는데, 가정이라는 집단에서 1차 추방을 당하고, 사회적 변화로부터 2차 추방을 당한 이들이라고 덧붙였다. "소고기국밥 한 그릇"을 벌기 위해 내기 바둑에 열중하는 노인들은 야외 기원에 '모여든' 게 아니라 '밀려나' 퇴적된 것이다. 바로 그때 시인은 도심 속 야외 기원을 조류에 의해 퇴적된 갯벌로 전환시킨다. 그리고 거기서 초라한 생이나마 움켜쥔 채 바닥을 기는 이들은 자연스레 '조개'로 은유화된다.

조개잡이 배는 왜 이리 늦게 오나
이 바다 언제까지 우리 먹여 살리려나
번뇌 망상 적당히 자라라고 비 뿌려 주어서 비가 좋다
사나흘 더 내려도 넘치지 않는 바다 옆에 창문 하나
내고 살아도
똑똑 문 두드려 주는 비하고 손발이 맞아
지구에 내려 반백 년 산 것이
아, 행진이었다

바지락조개 한 리어카 밀고 끌고 지나간다

팔 걷고 밀어 주면 저녁 반찬 얻는다

— 「비, 포구에서 내리는」 부분

시집에는 유독 '조개'가 자주 등장한다. 조개잡이를
생업으로 하는 어부도 나온다. "잘 삭은 조개젓 냄새로
아버지는 눅진한 한생을 쉬엄쉬엄 닦아 왔"(「썰렁한 농
담」)고, 시인 역시 "지구에 내려 반백 년 산 것이" "바지
락조개 한 리어카 밀고 끌고 지나간" "행진"이었다. 조개
는 갯벌의 흙이나 물을 삼켜 그 안의 플랑크톤이나 유기
물만 걸러 먹기 때문에 물고기나 게 등 다른 생물들을
해치는 법이 없다. 대부분 움직임이 매우 느려 지구에
처음 생겨났을 때부터 많은 동물들에게 쉬운 먹잇감이
되었다. 조개는 생태계의 최약자이고, 조개를 캐는 어부
역시 갯벌이라는 퇴적 공간으로 밀려난 현대사회의 약
자다.

"보증금 삼백에 월세 십오만 원으로 찌그러져 있어
야만 하는" "반지하 단칸방"(「벽화 없는 왕릉」)과 "아슬
아슬한 옥탑방"(「허공」), "반짝 열리는 인력시장"(「배낭
이 커야 해」)은 도시 속 조개밭이고, "간장 종지 같은 할
머니"(「천신호 타고 엄마 젖 먹으러 가는 날」)와 "돌아가
신 할아버지"(「소는 생각한다」), "저녁노을 속의 아버지"

「한 덩이의 어머니」)와 "신발 공장에 일 나간 엄마"(「산수박」), "헐렁하고 꾸깃꾸깃한 속옷 같은 마누라"(「헌 옷 바자」)는 모두 조개의 다른 이름들이다. 탑골공원 야외 기원의 노인들과 마찬가지로 이들 역시 "고물 스쿠터"(「목숨」)처럼 쓸모없어 방치되거나 "생활 쓰레기"(「생활 쓰레기 매립장 가는 길」)로 버려진다. 도시사회가 요구하는 이기적 탐욕과 물신주의, 경쟁심과 승부욕, 타자를 향한 혐오와 분리의 감각을 지니지 못한 탓이다.

언제부터인가 그 언제부터인가 엄마가 페트병을 먹기 시작했어요 바퀴약을 먹은 바퀴벌레처럼 페트병을 위장에 담아 와 우리의 접시에 쏟아 놓아요 그리고 빙그레 웃어요 우리더러 먹으라는 거죠 엄마가 꺼내 놓은 엄마를 무시할 수 없어요 엄마는 가끔 직사광선을 피하여 서늘한 곳에 보관되어 있어요 엄마를 한번 개봉한 후에는 냉장 보관하여 될 수 있으면 빨리 먹어야 해요 굽거나 삶았을 때 갑작스러운 온도 변화가 있으면 엄마의 미네랄 성분이 종잡을 수 없는 물질로 바뀔 수도 있어요 그렇지만 엄마는 자기의 요리 솜씨에 이상이 없다고 주장하죠 멀리 날려면 충분히 먹어 두어야 하는 것이 엄마의 철학이죠 엄마의 음식이 의심스러워도 우리는 교환하거나 보상받을 수 없어요 엄마의 제조처는 어디인가요 유통 기한은 언제까지인가요 엄마를 담는 용기 재질은 폴리에틸렌 무엇 무엇이라고 외우기도 복잡해요 그래요, 엄마는 외우기 정말 복잡해요 줘 놓고 잊어버리는 것, 아낌없이 주는 것은 그런 건가 봐요 엄마가 먼저 먹고 반쯤 소화시켰다고 해서 우리는 페트병을 꿀꺽꿀꺽 삼켰어요

— 「그 사진 속의 알바트로스」 전문

"늙은 어머니의 큰아들은 어딘가에서/실패한 인생의 진술서를 쓰고"(「거짓말을 읽어 주는 밤」), "상품 안되는 것 공원에서 팔면/피로 만든 선지국밥 한 그릇은 남길 수 있"다며 "선혈을 담기 위해 큰 배낭을 짊어"(「배낭이 커야 해」)진다. 그에게 실패한 인생을 진술하게 하고, 배낭에 피와 눈물을 담게 한 것은 비정한 도시의 야만이다. 시인이 좋아하는 정태춘의 노래를 인용하자면, "서울이라는 아주 낯선 이름"이 "밤새 당신 머리를 짓누르고 간"(정태춘, 〈북한강에서〉) 것이다. 박형권의 시적 주체는 "유압 프레스에 아비가 준 손가락을 잘리고"(「손가락 편지」), "오늘은 어디를 덧대어도 더러움을 빨아들일 수 없는/행주 조각이 됐"(「생활 쓰레기 매립장 가는 길」)다. 그런데 이 야만적인 도시 문명의 이기는 변방으로 밀려난 아브젝트적 존재들에게만 고통을 주는 게 아니라 현대인 모두를 끔찍한 재앙으로 초대한다.

대한민국은 전 세계에서 플라스틱 소비가 가장 많은 나라다. 플라스틱은 편리함으로 위장한 채 도시적 일상에 침투해 우리의 양심과 도덕성을 마비시켰다. 환경을 위해 일회용기 사용을 자제하는 건 어리석은 짓이다. 내 세대에서만 편하게 살면 그만이다. 기업들도 당장의 이윤이 중요하지 친환경 같은 것에는 별 관심이 없다. 이러한 이기주의와 중국의 플라스틱 쓰레기 전면 수입 금지 조치가 겹치면서 2020년대 들어 우리나라 곳곳에는 거대한 쓰레기 산이 100여 개나 생겨났다. 쓰레기 산 하나마다 수십만 톤의 플라스틱과 폐비닐은 저들끼리 몸을 비비며 가스와 불꽃, 악취, 그리고 침출수를 발생시킨다. 이것들은 대기 중으로, 토양으로, 상수원으로 흘러들어 결국 우리에게로 돌아온다. "우리는 페트병을 꿀꺽꿀꺽 삼키"고 있다.

박형권이 도시 문명의 대립항으로 제시하는 조개밭 갯벌은 중심과 주류에서 밀려난 아브젝트들의 퇴적 공간만이 아니다. 갯벌은 도시의 미친 속도와 경쟁, 각자도생의 탐욕과 이기주의에서 벗어나 작고 여리고 약한 것들이 서로를 부여잡은 채 더불어 사는 상생의 마당이고, 산업화의 온갖 공해와 오염에 맞서서 생명을 품어 키우는 치유의 자연이기도 하다.

친구 광태에게 호밋자루를 넘겨주었더니 그 바보가
바다같이 하염없는 눈물이나 떨구었지 우리는 조개를
업고 살아야 해, 하고 아주 감칠맛 나게 울었지 세상과 하
직하는 것도 아니고 달포쯤 서울 갔다 오려는 것인데 그
난리를 쳤지 그 눈물바다의 늦둥이 아들이 어린이집 숙
제라면서 나에게 우주를 그려 달라고 하는 거야 콩알만
한 아이들 가슴에 우리말 사전만큼 불가해한 우주를 토
씨도 빠뜨리지 않고 담으려는 선생님은 아마 생각 속이
우주처럼 널찍할 거야 바지락조개 껍데기에 은하수와 카
시오페이아자리와 북두칠성을 그려 넣었지 거기에 나만
아는 그리움좌座도 슬쩍 끼워 넣었지 그때 난 알았지 우
주는 작을수록 크다는 걸, 블랙홀처럼 작은 것들이 우리
를 빨아 당긴다는 걸, 우리들의 조개밭이 사정없이 우리
를 막 끌어안으려는 것처럼,

　　그리움만 품고도 광태는 바다 끝을 열 천 번도 넘게 다
녀왔지. 그래서 눈물이 저리 파도치는가

　　　　　　　　　　　　　　　　　　　　—「그리움좌座」 전문

　　"조개를 업고 살아"가는 사람들은 누구나 "그리움"을
"품고" "눈물이 저리 파도치는" "바다 끝"에 산다. "우리
들의 조개밭이 사정없이 우리를 막 끌어안으려는 것처
럼" 조개밭 사람들은 "이 모욕의 시대에 나 혼자 직업을

가지는 것은 남의 피를 빠는 것"(「목숨」)임을 잘 알고 있다. 그래서 "나를 위하여 더운물 한 방울 쓰지 않"(「아궁이였음 좋겠네」)고, "좋은 음식이 생기면 그대 생각이 먼저 나"(「허공」) 갯벌같이 남루한 인생에다 "도란도란 밥 나눠 먹는 소리 또한 어엿한 집"(「비파 퉁기는 소리」)을 짓는다. 서로 죽고 죽여서 혼자만 살아남는 '오징어 게임' 대신 타자와 더불어 살아가는 공동체적 삶을 택한 이들이다. 그들에게는 사람을 향한 "하염없는 눈물"이 있다.

조개밭 갯벌은 끊임없이 숨 쉬는 생명의 보고다. 갯벌의 개흙에는 죽음과 부패만 있는 것이 아니라 그것을 자양분 삼아 새로 태어나는 유기물과 미생물이 있다. 이 세계의 첫 생명체는 물과 공기와 흙에서 스스로 탄생한 유기물들이다. 모든 생명체는 이 유기물에서부터 진화되었다. 그러므로 갯벌은 생명의 징후와 예감으로 우글거리는 태초의 대지이자 삶과 죽음이 상호작용하는 세계, 신생과 소멸의 반복이라는 리듬으로 화음을 이룬 하나의 우주인 셈이다. 박형권은 갯벌을 도시 문명의 미친 속도로부터 멀리 떨어져 느린 삶을 영위할 수 있는 곳, 삶과 죽음이 살갑게 이웃하고, 인간과 자연이 조화를 이룬 곳, 나의 죽음마저 밀물과 썰물의 질서로 편입되어 새로운 탄생을 예비하는 곳으로 제시하고 있다. 이때 갯벌은 물질로서의 공간이라기보다 하나의 정신에 가깝다. 정신으로서의 조개밭 갯벌이 우리들 마음에 펼쳐질 때, 시집을 관통하던 쓸쓸함은 사라지고 밥 나눠 먹는 소리가 들리기 시작한다. "몇 페이지의 물 냄새가 또 몇 페이지의 인생을 조용히 연주"(「사랑에게」)하고, "열매였던 것이 다시 열매로 생환하는 음흡"(「가을, 음」)이 갯벌을 채운다.

몇 페이지의 인생을 조용히 연주하는 물의 정직한 악보가 시라는 것은 자명하다. "전율할 것이 눈곱만큼도 없는 세상"(「할로겐 히터 씨의 고독」)이지만, "가슴으로 크고 작은 아픔들이 모여들 때"(「그게 가슴이다」) 박형권은 "지상의 모든 시에 당신이 있다"며, "당신이 이 황홀한 세상의 운율인 것"(「모든 시에 당신이 있다」)에 비로소 전율한다. 박형권의 시 쓰기는 "나른해져서 그럭저럭 살다 간 사람들의 무덤가에/따뜻하게 눕는"(「냉잇국」) 연대와 공동체적 감각의 구체적 실천이다. 그는 쓰지 않고는 살 수 없는 천생 시인이다.

나는 고작 세 살이라고 할머니가 말했는데
할머니가 무논에 물꼬를 트러 가신 사이
나는 여기서 생각하고 있는 나를 느끼고 있어
이것이 나인가 봐, 무엇부터 할까

거름 더미에서 광대버섯이 비를 맞고 있다

나의 여명은 비 오는 늦은 봄날의 아침

광대버섯도 그렇게 밝아 오는 것일 거야

내가 나에게 다가오는 길에는

거름 냄새와 돌담 밑의 꼭두서니, 솟아오르는 돌멩이들

마구 말하고 싶은 광대버섯, 그런 것만 있다

흉내 내고 춤추는 웃기는 것들만 있다

무엇부터 할까

그걸 느낄 때부터 나는 뭔가를 하고 있는 거야

할머니가 웃으시게 해야지

내가 나중에 운율을 깨닫고

자유를 조금 알 때

나는 여기서 시작하였다고 답할 거야

모든 존재는 시작하는 순간부터 답을 향해 가는 거야

때 이른 소나기가 그리는 악보를 따라가는 거야

— 「그때부터 나였다」 부분

앞서 인용한 「그리움座」에서 시인은 말한다. "그때 난 알았지 우주는 작을수록 크다는 걸, 블랙홀처럼 작은 것들이 우리를 빨아 당긴다는 걸"이라고. 원래 관조는 고요하고, 응축은 뜨거운 것이나 박형권의 시에는 뜨거운 관조와 고요한 응축의 힘이 느껴진다. "구멍 난 양말"(「비 내리는 이사」)이나 "반지하방 낡은 벽지"(「쑥국」) 같이 초라한 가난의 그늘을 뜨거운 시선으로 환하게 밝히고, 현대사회의 거대한 부조리를 오백 원짜리 커피나 화장실에서 먹는 김밥 같은 일상적 소재로 미시화한다. 타고난 시인적 기질이 없으면 불가능한 작업이다. "고작 세 살"에 시인은 "내가 나에게 다가오는 길에는/거름 냄새와 돌담 밑의 꼭두서니, 솟아오르는 돌멩이들/마구 말하고 싶은 광대버섯, 그런 것만 있다"는 걸 눈치챘다. 위의 시는 "어느 날 시가 내게로 왔다"던 네루다의 저 유명한 「시」보다 더 아름다운 메타시로 읽힌다.

　"운율을 깨닫고/자유를 조금 알 때"가 된 환갑의 시인은 오늘날 비정하고 야만적인 세계의 쓸쓸함을 "직설적인 사랑"(「사월에는」)으로, "내 등짝을 갈아엎어 오이 심고 부추 심는 낭만"으로, "그 낭만 위로 별빛 쏟아지는 꿈"(「비 내리는 이사」)으로 바꾸려 한다. 세상은 숨 가쁘게 각박하고 삭막해지지만, 시인에게는 "연분홍 읽느라고 또 두어 시간 대문 앞에서 보내"(「복사꽃 지붕」)는 봄이 있고, "마중인 줄 알았는데 온통 배웅"(「밀양역」)인 가을도 있다. 이제 만나러 가는 바람 아니라 만나고 가는 바람같이, 온통 떠나는 것들, 사라지는 것들, 그럭저럭 살다 간 것들과 작별해야 하는 생의 황혼에서 시인은 "끝까지 한 인간과 함께하고 싶었으나/뜻을 이루지 못한 열망"을 "실패한 현대사"(「헌 옷 바자」)로 명명하지만, 그 실패에도 불구하고 끝까지 사랑하려 한다. 끝까지 인간과 함께하려 한다.

"길과 길 사이에도 '과'가 있어서/우리는 어차피 함께 걷는 중이었다/그리하여 '과'는 우리를 엮어 주는 커다란 과정"(「'과'와 함께」)이기에, 박형권의 시는 "당신"과 "나" 사이를 이어 주는 격조사 '과'의 역할을 계속 수행할 것이다.

조개 리어카를 밀고 세상을 건너는 시인에게, 짜디짠 실패에도 불구하고 가슴 벌려 사람을 사랑하려는 이 바지락조개 같은 시인에게 "실패와 고난"에도 "이 세상 모든 것들을 사랑하겠"다던 조용필의 〈바람의 노래〉를 불러 주고 싶다. 그는 정태춘을 좋아하지만, 분명 조용필도 좋아할 것이다.

내 눈꺼풀에 소복한 먼지 쌓이리

2023년 10월 26일 1판 1쇄 펴냄

지은이   박형권

펴낸이   김성규

편집   김안녕 한도연

디자인   신아영

펴낸곳   걷는사람

주소   서울 마포구 월드컵로16길 51 서교자이빌 304호

전화   02 323 2602

팩스   02 323 2603

등록   2016년 11월 18일 제25100-2016-000083호

ISBN 979-11-93412-03-9 04810

ISBN 979-11-89128-01-2 (세트)